italiana

yaia
01/'25.

ITALIANA
Narratori Giunti
Collana diretta da Benedetta Centovalli

1. Ermanno Rea, *La comunista*

2. Rosa Matteucci, *Le donne perdonano tutto tranne il silenzio*

3. Simona Baldelli, *Evelina e le fate*

4. Marco Archetti, *Sette diavoli*

5. Valerio Evangelisti, *Day Hospital*

6. Laura Pariani, *Il piatto dell'angelo*

7. Flavio Pagano, *Perdutamente*

8. Massimiliano Governi, *Come vivevano i felici*

9. Diego Agostini, *La fabbrica dei cattivi*

10. Marco Magini, *Come fossi solo*

11. Simona Baldelli, *Il tempo bambino*

12. Simonetta Agnello Hornby, *La mia Londra*

13. Walter Fontana, *Splendido visto da qui*

14. Domitilla Melloni, *Forte e sottile è il mio canto. Storia di una donna obesa*

15. Grazia Verasani, *Mare d'inverno*

16. Simonetta Agnello Hornby, *Il pranzo di Mosè*

17. Paolo Maurensig, *Amori miei e altri animali*

18. Clara Sereni, *Via Ripetta 155*

Carmen Pellegrino

# Cade la terra

*Cade la terra*
di Carmen Pellegrino
«Italiana» Giunti

http://narrativa.giunti.it

© 2015 Giunti Editore S.p.A.
Via Bolognese 165 – 50139 Firenze – Italia
Piazza Virgilio 4 – 20123 Milano – Italia

Prima edizione: febbraio 2015
Prima ristampa: aprile 2015

| Ristampa | | | | | | | Anno | | | | |
|---|---|---|---|---|---|---|---|---|---|---|---|
| 7 | 6 | 5 | 4 | 3 | 2 | 1 | 2019 | 2018 | 2017 | 2016 | 2015 |

A Gerardo e Maria Pellegrino,
in memoria.

Ci sarà tepore nella stanza e odore di cibi fritti. Verranno tutti, con i vestiti della festa, le scarpe rinfrescate da una spazzolata.

Arriveranno alle nove e, l'uno dopo l'altro, prenderanno posto intorno alla tavola. Non porteranno regali, non lo fanno mai, ma non importa: ne ho preparati io per loro, davanti ai quali spalancheranno gli occhi, ma io guarderò altrove.

Entrando non si saluteranno, né saluteranno me, ma a poco a poco prenderanno confidenza con le sedie impagliate di fresco, con la tovaglia di macramè che uso solo una volta all'anno. Si guarderanno intorno scrutando la casa silenziosa; quindi cederanno all'impulso di annusare l'aria e aggrotteranno le sopracciglia: non sono venuti per mangiare, ma allora perché sono qui? Dopodiché si metteranno a sedere e aspetteranno. Io porterò in tavola ravioli di ricotta, poi fagotti di castagne che quest'anno son venuti meglio, infine fichi secchi che con cura ho riempito di noci.

Per l'occasione ho indossato il mio vestito della festa, un abito di velluto alla moda… va bene, va bene, la moda di cento anni fa. Quest'anno però avrò una finezza in più. Nelle prime sere d'autunno ho infatti ripreso i lavori all'uncinetto e ho creato un colletto bianco che ho poi fissato con qualche punto nascosto. Avendo filo in abbondanza, ne ho fatto anche uno piccolo, minuscolo proprio, a cui ho appeso un campanellino dal suono lieve, di contorno: starebbe benissimo al mio gatto, se avessi un gatto.

Invece ho un cane, Gedeone, che là fuori piagnucola senza sosta. Ogni anno, quasi all'ora della cena, comincia a fare gli occhi lacrimosi e a lamentarsi, tagliando il silenzio a cui sono abituata. Dovrò dirgli di smetterla, non può infastidirmi così, come un vento di fiume, un vento di presagi, e poi lo sappiamo entrambi che gli basterà vederli per acquietarsi.

Nei giorni scorsi ho preparato la stanza, facendo un po' d'ordine nell'incuria. Ho lucidato la vecchia credenza, che si è sgranchita dal torpore con un gemito simile al vetro quando si frantuma, e ora mi pare maestosa, imponente. La nicchia di ferraglia, invece, si è contratta come infastidita quando le ho infilato dentro il ritratto di mia madre: una volta all'anno, che lo voglia o no, deve tenerselo.

Nel mezzo della parete che dà sulla piazza la finestra ha ancora la grata di ferro, anche se la ruggine l'ha mangiata dall'interno come fanno i vermi con le pance dei bambini. Per ora ne mantengo aperti gli scuri, ma poi dovrò socchiuderli, anche se i miei ospiti ne rimarranno offesi e mi guarderanno storto perché la finestra è l'unico spiraglio sull'olmo. Tuttavia sono costretta a farlo: se gli scuri sono accostati non vedono la loro figura riflessa nel vetro e non si mettono a tremare.

Nelle altre stanze non vanno mai. E poi sono chiuse, le

persiane cadute, le sedie coperte di pietre. Di quando in quando, appena intimoriti dai piccoli schianti, si lanceranno occhiate; poi mi guarderanno commiserandomi, io farò altrettanto con loro, ma nella contesa degli sguardi sarò io a soccombere. Qualche ora fa sono salita al borgo nuovo per invitare a cena Marcello, ma al solito non sembrava ascoltarmi quando da giù gli ho gridato di unirsi a noi, che saremmo stati bene, che avremmo mangiato e chiacchierato. Mi ha salutato con un gesto di offesa dai vetri della finestra. So, comunque, che prima ci guarderà da quei vetri macchiati di ditate, poi si presenterà senza annunciarsi, dicendo «Eccomi qui di nuovo» con la sua voce di pappagallo.

# Estella

Quando cominciai a lavorare in casa de Paolis avevo all'incirca diciotto anni. Da dove venissi e per quale ragione, anni prima, mi ero allontanata dal paese non è importante ricordarlo ora.

Era febbraio e nevicava il giorno in cui tornai, neve di primo mattino che unita al vento mi colpiva in viso a sferze che andavano, che venivano. Per il resto, nulla faceva rumore. Ero tornata convinta di potermi sistemare nella vecchia casa dove avevo abitato con mia madre fino a un certo punto, ma non trovai più niente. La casupola non aveva retto alla terra molle e si era consegnata al suolo, alla sua fiorente collezione di morte.

Faceva freddo ma volevo rivedere il paese, convincermi che non era morto, perché poteva esserlo, mi ero detta mentre tornavo, poteva ormai essere polvere. Vagai a lungo in preda a una fissazione: c'era davvero tutto quello che vedevo? Gedeone non mi era d'aiuto, tremava di freddo e si lamentava, perciò si affrettava per mettersi al riparo. Così, per accontentarlo, quando fu sera – qui il buio è sempre venuto presto – forzai il portone della chiesa, ma non ci volle molto perché era ben marcito. L'indomani, alle prime luci del giorno, vennero da Napoli per riprendersi l'abito da monaca, forse avvisati dal parroco; vennero proprio per strapparmelo di dosso e io restai nuda sul sagrato, con il cane che faceva del suo meglio per impedire ai passanti la vista delle mie vergogne. Rimasi in quello stato fino a quando non si avvicinò una vecchia, tutta vestita di nero, che vedendo com'ero ridotta non fece gesti di raccapriccio, non si portò le mani sugli occhi dicendo «Paiorda!», come avevano fatto gli altri. Lentamente depose a terra la gerla che aveva sulla schiena e con le sue mani piccole, piene di crepe, ne trasse una veste leggera, a fiorami, come ne portano le donne in campagna; la distese con un movimento delicato, fece per scuotere la polvere e me la porse. Subito la presi dalle sue mani e la indossai come se fosse una coperta d'agnello, ma non ebbi il tempo di ringraziare perché in un momento la vecchia era già lontana, inghiottita dalla strada con la sua gerla di nuovo sulla schiena. Ripresi a camminare per il paese, poggiandomi di tanto in tanto a qualche alberello che, illividito dal freddo quanto me, mi accoglieva con aria di modesta protezione. Pian piano – con Gedeone che saltava i fossi con l'agilità di un bracco – mi spinsi fino al vicolo storto da cui cominciava la salita verso il monte e, con un'occhiata in basso, tutto si svolse, tutto mi fu chiaro. Il paese, che aveva sempre camminato, ora sembrava aver camminato di più nella sua coperta di fango, con gli abitanti che si erano ritirati più a nord, sopra una porzione di terra meno tremolante. C'era un forte odore di pane appena sfornato là dove non c'erano mai stati forni; c'erano comignoli fumanti nei vicoli che in precedenza non erano abitati. L'intrico dei vicoli a valle era in progressivo ritiro – lo mostravano anche le insegne

scolorate di botteghe e fucine che sbattevano contro il
vento, e poi certe porte d'ingresso spalancate sui cor-
tili, vuoti anch'essi – mentre si erano popolate le vie a
monte. Avvertii una punta di rimorso per essermene
andata proprio quando il paese, come per un misterioso
accordo con la morte, aveva dovuto rimettersi in moto,
di nuovo lottando contro i ristagni del suolo, le gobbe di
ghiaia e terra rossa. Una sensazione inattesa mi scom-
bussolò, ma non la sapevo ancora capire. Ci volle uno
schiaffo di vento perché ritornassi là dove mi trovavo,
in una malora che aveva le montagne da tutte le parti,
incorruttibili guardiani di un buco dove si andava a
morire, mai a nascere.

Attraverso un piccolo andito tornai a valle, e constatai
che la vita continuava come poteva, specialmente nella
piazza che aveva dirimpetto la chiesa dove le vecchie,
macerate dalle notti di umido, si trascinavano a fatica
dal primo mattino.

Ero infreddolita e affamata, avevo mangiato sì e no
due biscotti in tre giorni, ma riuscii a trovare la forza per
presentarmi ai de Paolis, dopo aver letto in un annuncio
che cercavano un'istitutrice a cui offrivano in perpetuo
vitto, alloggio e buona retribuzione.

La casa – poco distante dal centro del borgo e rivolta
verso la piazza dell'olmo – mi si offrì come un'appari-
zione, tanto pareva incantata. Eretta per due piani, priva
di recinzione, aveva un piccolo cortile sopra il quale era
caduta così tanta neve che si potevano solo intuire le
forme di un'altalena e di un tavolino da giardino. Avrei
scoperto poi una corte chiassosa anche sul retro, con un
viale di pini disposti in pose da sorveglianti e una pic-

cola fontana di pietra, sulla cui cima si posavano le tortore in amore, quando era stagione. Osservai a lungo la casa, con stupore. Non ne ricordavo una così bella in paese, ma conclusi che doveva essere stata rinnovata negli anni in cui mi ero allontanata.

Colpita da una luce priva di sole – una luce che era come il riverbero della neve – la casa dominava quieta lo spazio d'intorno, al punto che il paese stesso, aiutato dai movimenti della frana, pareva essersi modellato intorno al suo scheletro. Era mattino presto, ma la casa sembrava sveglia da ore, si capiva anche dai tappeti già battuti e messi a prendere aria sui davanzali. Provai a figurarmela lambita da un'edera, come spesso ne vedevo sulle facciate delle case quando vagando senza una meta, prima del chiostro, mi fermavo a guardarle. Case con balconi che sembravano reggersi solo per i cespi d'edera che li tenevano da un lato e dall'altro, l'edera che cresce selvatica, quest'edera rigogliosa. Vedevo donne uscire sui balconi e parlare da sole. Ma non parlavano da sole, parlavano all'edera, muovendo la testa come per un diniego: *non si fa, questo non si fa.* Poi calmarsi e lasciarsi andare a un sorriso sotto due profonde occhiaie – non avevano dormito la notte, queste donne non avevano dormito. Una volta, a una di queste donne con due profonde occhiaie rivolsi una domanda diretta, senza pensarci. Dissi: «Signora, come sta quest'edera stamane?».

«Fiorisce,» rispose lei «anzi rifiorisce. Nonostante il gelo notturno.»

«Il gelo, dice?»

«Il gelo, sì, che la mangia sul dorso. Ma poi viene l'alba e la fa tutta nuova.»

«Signora,» le dissi «lo sa che ho visto l'edera verde, ma tanto verde, su case che dentro erano tutte nere?»

«Non le guardare dentro le case,» fece lei, come se sapesse a cosa mi riferivo «guardale fuori, guarda l'edera. Non vedi che è come un'acqua in cammino?»

Avvicinandomi alla casa dei de Paolis notai che la porta era di legno con ampi inserti di vetro, delicatissimi a vedersi. Mi voltai e subito, solitario, mi apparve l'olmo le cui foglie, benché si fosse in inverno, erano tutte intatte. Sembrava un monumento, simile tanto a una grossa statua di cui però non aveva l'immobilità. Mi parve infatti che fosse diverso dalla sua fama, che non avesse nulla di letargico, nulla degli alberi che per anni non si muovono o lo fanno poco, a dirla grande. L'olmo, conclusi, era del tipo fracassone, lievemente avvinazzato, con le radici che sembravano sfuggire al suolo con una ramificazione randagia che andava dove ce n'era bisogno, caduta la terra, cadute le stelle. Come mi fosse venuto questo pensiero, non avrei saputo dirlo. Ho cercato in seguito di non prestargli ascolto, ma quanto più ci pensavo, tanto più questo pensiero mi sembrava ovvio, quasi necessario. L'olmo evidentemente credeva nella forza benigna irradiata dal movimento, nel non tenersi tutto per sé. Non si risparmiava, non aveva interesse alla conservazione. Questo grande albero dal sonno insonne, questo generoso fracassone dall'odore povero credeva nella gioia di darsi, come fa il frutto che cade, felice com'è di farlo, perché solo ciò che non si dà muore.

All'improvviso mi raggiunse la musica dolce di una

radio, veniva dall'interno della casa, anche se le note erano sopraffatte dal sibilo del vapore della caldaia che, insieme ai camini, riscaldava l'abitazione. Decisi di bussare e in un momento, come se qualcuno mi stesse tenendo d'occhio, la porta si aprì; da dietro il battente sbucò una donna alta e grossa, con addosso una contegnosa veste nera e un grembiule bianco e, sopra la testa, una crestina, anch'essa bianca, che pendeva vistosamente da un lato.

«Seguitemi» mi disse, senza aggiungere cerimonie, precedendomi con un passo lento che sembrava fare plof plof.

Avrei poi saputo che quel donnone era la Peppa, cuoca e energica factotum, ma soprattutto fidatissima guardiana dei muri. I de Paolis non pretesero referenze, tanto più che non ne avevo alcuna; non fecero domande, né si sorpresero della mia veste leggera, inadatta alle giornate di neve. Mi assunsero, quel giorno stesso, perché avevano bisogno di qualcuno che si prendesse cura del figlio.

Anche dentro la casa era incantevole: al piano terra c'era la sala da pranzo dove una pendola rintoccava senza sosta; seguivano due salotti, la biblioteca e, in fondo, dall'altro lato del corridoio, un'ariosa cucina in muratura con la radio che continuava a trasmettere una musica dolce. Le stanze da letto erano al primo piano mentre nei sotterranei c'erano le cantine e la lavanderia, ma solamente la Peppa poteva accedervi. A me fu data una luminosa stanza al primo piano, poco distante dalla camera di Marcello, il ragazzino di cui mi sarei occupata. Non potevo saperlo, ma quella in cui stavo entrando era la casa in cui avrei consumato la mia esistenza, assistita da ricordi mancati e dai libri che avrei letto a ripetizione.

Secondo gli accordi, avrei dovuto occuparmi soltanto dell'istruzione del ragazzo, avviandolo in particolare allo studio della letteratura e della storia, che avevo avuto modo di approfondire negli anni della lontananza. Invece lo presi a cuore. Aveva sedici anni, era magrissimo, la pelle tutta tesa, i nervi a vista. Di quando in quando, parlandone con la de Paolis, le dicevo che il ragazzo per irrobustirsi avrebbe avuto bisogno di cibi grossolani – soffritti di carni, patate scottate nella cenere, vino cotto e melassa d'uva, come quelli che la Peppa preparava per noi – ma Ada non voleva saperne di forzarlo, aggiungendo che un po' di magrezza non aveva mai nuociuto a nessuno: «Nemmeno tu» mi diceva «hai carne addosso», e lo sottolineava con un'occhiata da sopra a sotto alle mie ossa.

Tuttavia decisi di fare a modo mio. Il giorno stesso in cui cominciai le lezioni preparai una crema con i tuorli d'uovo e lo zucchero, e la complicai con una goccia di marsala, per fare sangue. Quindi mi avvicinai al ragazzo senza dare nell'occhio e canterellando, poniamo, una filastrocca cercai di portargli alla bocca un cucchiaio di crema. Ma lui, con uno scatto, gettò per aria la tazza e subito dopo, battendosi la testa coi pugni e gridando «Vattene» tutto in lacrime, si lanciò a terra. Lo vidi così contorcersi come uno che va finendo fra i tormenti, mentre il viso, il suo bel viso, si deformava in una smorfia.

Ada de Paolis accorse impaurita. Non lo aveva mai visto ridursi in quello stato, mi disse premendosi le mani sul viso.

«Aiutami a portarlo fuori» fece poi. Lo issammo da

terra a fatica perché Marcello, per quanto magro fosse, superava il metro e settanta. Andammo fino alla piazza e lo mettemmo sotto l'olmo. Ma ecco che d'un tratto si riprese, scattando in piedi al modo di un soldatino in una parata. Mi guardò e sorrise, come se mi avesse appena offerto il grande inganno del giorno; poi si lasciò scivolare dietro l'olmo e lì rimase sdraiato, il suo corpo calmo, limpido proprio.

Io però non mi lasciai ingannare, anche perché più lo guardavo – pallido, con un filo di morte negli occhi – più mi persuadevo che solo i cibi grossolani potevano salvarlo.

Fu così che, qualche tempo dopo, mi decisi. Era un lunedì e di buon'ora – il gallo non aveva ancora cantato, tanto più che non avevamo alcun gallo – presi una ciotola che aveva felci dipinte in verde ramina e preparai una crema con sei tuorli d'uovo, marsala e zucchero. Al momento di svegliare Marcello non lo scrollai come facevo di solito scuotendolo dal busto, non cercai di metterlo a testa in giù per fargli riprendere colore dopo il sonno che lo impallidiva al modo della morte. Lo misi su un fianco – gli occhi pieni di cispo – e gli infilai in bocca un imbuto, uno di quelli che s'usano in cantina per travasare il vino. Tenendogli ferme le mani, assicurate sotto il mio ginocchio, cominciai a fargli scorrere in gola lo zabaione, riuscivo persino a sentire un sommesso glu glu. A un certo punto mi sembrò che soffocasse, avvertii infatti una piccola scossa, ma non mi fermai perché conoscevo le finte di cui era capace. Finito l'intruglio, non fui così sciocca da scostare subito l'imbuto perché avrebbe certamente vomitato. Nemmeno quando mi sembrò sfinito allentai la presa. Solo quando diventò violaceo, solo allora scostai l'imbuto dalla bocca che si era macchiata di uovo mescolato al muco, colato non so come dal naso. C'era anche un rivolo di sangue, ma non me ne preoccupai. Nell'affanno di riprendere fiato con un'avidità che non mi aspettavo, Marcello non pensò all'uovo appena ingoiato e non vomitò. Anzi: dal rigurgito felice che sfringuellò nella stanza capii che il metodo era giusto. Sicché ogni lunedì, di buon'ora, presi a riversargli in gola sei tuorli d'uovo freschissimi, ché sei sarebbero bastati per l'intera settimana. Sono certa che solo così Marcello è riuscito a crescere, non dico forte – che forte non lo è mai stato – ma perlomeno sano.

# Marcello

Ci andrò. Andrò alla cena. Lei vuole che vada e io ci andrò, se non altro per vederla in quell'abito di velluto che avrà cent'anni.

Stamattina, appena sveglio, ho scoperto che dalla mia finestra non si vede più la sua casa. Ho guardato da ogni lato: non c'era. Un chiaro segno che il paese continua a camminare. Il che significa che non potrò più spiarla. Dovrò dirglielo che la prossima casa a crollare sarà la sua, che ci resterà sotto se non viene via. Ma sarà inutile perché non lascerà quel fosso tanto abilmente guarnito di nebbie, con tutte le erbe e le paludi.

Da qui, il paese morto sembra oscillare nella sua massa convessa, come una nave nel mezzo della tempesta, e dalla poppa non si vede la prua. Il fogliame che fino a ieri pendeva lasco dagli alberi oggi ha piombato la strada. I pipistrelli riappaiono veloci, corrono di qua e di là e si suicidano contro le rovine. Succede sempre così quando viene novembre: da un momento all'altro sopraggiunge la notte e non si vede più niente. In quel buio so che c'è lei e ci sono loro, che rotolano fra le viuzze, si accalcano l'uno sull'altro nel giro su se stessi, vagano per festicciole e pranzi. Non capisco perché tornano.

La stanza che li ospiterà ha una sua gradevolezza: le pareti conservano tracce di colore rosso; c'è un grosso tavolo al centro, poi qualche pezzo di mobilio da parete, un caminetto. In una nicchia ci sarà il ritratto di una donna in antico costume alentese che Estella attribuisce a sua madre, ma potrebbe trattarsi di un vecchio ritaglio di giornale. Ho ragione di credere che Estella lo spacci per il ritratto di sua madre solo per provare la sua origine alentese che io non le riconosco. Una delle sue tante menzogne. Gode nel vivere nella menzogna. Per esempio, nasconde il vizio del fumo, ma io so che smanetta di pipa. Sul ripiano del caminetto trovo ogni anno resti di tabacco, mucchi di cenere battuti fuori dalla pipa. «Non so proprio come ci sia finito là» dice grattandosi il naso quando le indico il tabacco. «La realtà non è mai univoca,» aggiunge «esistono decine e decine di risposte, confutazioni, annichilimenti…»

Lei scherza, non fa che scherzare con me, ma riuscirò a distruggere ogni forma che me la ricordi, mi libererò di lei, lasciva entità piena solo d'amor proprio. È stato così dall'inizio, fin da quando entrò nella mia vita con la furia di una maledizione. Vita poi… Si può dire che la mia vita vera è durata sì e no quattro anni, il resto lo definirei persistenza. Quei quattro anni di incenerente bellezza li ho vissuti quando smisi di andare a scuola, avrò avuto dodici anni. Un giorno fu deciso che non dovevo più studiare con gli altri, che non dovevo più allontanarmi da casa. Ma, soprattutto, Estella non era ancora apparsa, motivo per il quale posso dire con certezza che quello fu il periodo più bello della mia vita. Ma siccome la mia felicità non doveva durare, dopo una sfilza di precettori che entravano e si licenziavano in un mese, i miei pensarono di affidarsi a un annuncio.

Cercasi istitutrice per un giovinetto vivace e intelligente. Offresi vitto e alloggio e buona retribuzione. A vita.

Con l'annuncio in una mano e nell'altra una borsa di spago che era tutto il suo bagaglio, si presentò lei.

Starei per dire che era una rospa, tanto più che era vestita di stracci. Non lo era. Pur magra, non era brutta e nemmeno vecchia: gli occhi fissi come quelli di una civetta erano azzurri, un vero spreco di colore turchino, accentuato dai capelli che le sbattevano biondi sulle spalle. Si presentò con un cane, Gedeone, un molosso pazzo che non ho mai sentito abbaiare, dato che si limitava a piagnucolare se era scontento e a pisciare sul posto se era allegro. Quando poi morì, Estella espresse il desiderio che venisse incenerito e i resti deposti in un cretto dell'olmo; ovviamente fu accontentata, come tante altre volte in seguito. Nessuno mai si chiese se io, il futuro padrone di casa, la volessi o meno fra i piedi, così pericolosamente bionda, così inutilmente accogliente. Lei compariva nella mia vita e i miei nervi furono messi a dura prova; tenni un po' il broncio, ma senza frutto. Per di più, il suo incarico non mi fu mai chiaro: era stata assunta in qualità di istitutrice, ma cominciò presto a occuparsi anche di ciò che mangiavo, come pure degli abiti che indossavo. Non c'era verso di capirci niente in quella offensiva confusione di ruoli. Solo questo sapevo, che lei ci sarebbe stata per sempre col suo naso volpigno, con quegli occhi che si posavano su di me e il cuore mi si metteva sorprendentemente al trotto.

Certi mattini entrava nella mia camera alle prime luci del giorno, senza bussare. Poi scostava le tende e apriva la finestra, anche se io dormivo, anche se faceva tempaccio. I battenti sotto le sue mani strillavano come anatre in volo; lei li apriva e li chiudeva, li riapriva e di nuovo li chiudeva perché dovevo sentirlo quello stridore, lei voleva che lo sentissi. Infatti rideva, mentre io mi rigiravo nel letto. Le dicevo di smetterla ma lei fingeva di non sentire. Cercava briga, era evidente. Fatto ciò, si avvicinava a me e cominciava a guardarmi. Io allora saltavo fuori dal letto e cercavo di afferrarla per un braccio, ma a quel punto si voltava e andava via.

Riappariva all'ora delle lezioni che ovviamente non seguivo perché non me ne importava niente di tutto quello spianto passato se comunque non c'ero stato. Io vivevo ad Alento, in mezzo allo sprofondo, accerchiato dai bifolchi, un odore pungente di carne in putrefazione.

Verso sera tornava con un piatto fumante, me lo porgeva e restava lì, come un gufo a controllare. Poi da una manica tirava fuori un fazzoletto e mi puliva il naso per evitare, diceva, che una goccia estranea cadesse nel piatto, anche se non c'era nessuna goccia.

«Ingoia il brodo, ti farà bene» diceva e mi ficcava gli occhi in viso.

Io prendevo il piatto solo a patto che si allontanasse; lei lo faceva e si sistemava al lato del caminetto. Intanto che buttavo giù l'acquetta, spiavo la sua faccia di patifacula. Le spiavo gli occhi che erano biglie di vetro, e mi pareva che le palpebre non calassero mai a bagnarli; le spiavo la bocca rigida, come di chi non è mai stato baciato; e i capelli, quei capelli di un giallo spiga che le andavano giù per le spalle, spezzandosi sulla fronte in un ruffo più corto: ne avrà avuto uno così anche sul sesso impenetrato!

Quando mio padre morì, dissi alla mamma che per risparmiare avremmo dovuto fare a meno di Estella, che io e lei da soli saremmo stati bene. Proprio così le dissi, guardandola negli occhi perché capisse che da quel momento l'uomo di casa ero io. Non mi diede retta. Era chiaro che Estella aveva agito di maleficio, soggiogando la mia povera madre con chissà quali malìe. E soggiogando anche me, in un modo o nell'altro.

D'altronde, era il minimo che ci si potesse aspettare da una disturbata che era entrata giovanissima in monastero e se ne era scappata di notte, dopo appena due anni, con l'abito da monaca addosso. Vennero da Napoli a riprenderselo e lei se lo tolse davanti alla chiesa, con la noncuranza della pazza che era, restando nuda e coprendosi il seno solo con i capelli, che le erano rimasti lunghi perché a nessuno era riuscito di tagliarglieli. Davanti a quello spettacolo, i passanti restarono a bocca aperta: i vecchi si affrettarono a raccogliere immagini inedite per solleticarsi l'arnese a casa; le vecchie giù a trinciar segni di croce, «Paiorda! Paccia svitata!» gridavano.

# Estella

«Non bisogna mettere a dormire i morti.» Ada de Paolis lo diceva regolarmente e con un po' d'affanno quando qualcuno veniva da lei. Negli anni non l'ho mai vista negare il suo aiuto a nessuno, nonostante certe doloro-se conseguenze, sul figlio per esempio, già lievemente orbato. A ogni modo il suo terribile ministero cominciò solo dopo la morte del marito.

Non meno della moglie, Giorgio de Paolis era ben-voluto in paese, al punto che gli alentesi si levavano il cappello quando lo vedevano passare. I povericristi ve-nivano al suo studio di notaio e Giorgio non prendeva mai denaro e, non appena quelli accennavano a frugarsi le tasche in cerca di qualche spicciolo, lui con un largo gesto del braccio indicava loro la porta. Il giorno dopo tornavano con le ceste piene di patate, uova fresche, fa-rina bianca, e la Peppa le prendeva e ringraziava come se avessimo avuto un gran bisogno di quelle provviste; loro si toglievano il cappello e se lo stropicciavano fra le mani.

Lo studio era sul retro della casa e vi si accedeva dal vialetto coperto di pini, che oggi non ci sono più. Il giorno della sciagura si misero a sibilare tutti insieme.

Era una mattina d'aprile e non c'era vento. Malgrado ciò, i pini fremevano. La de Paolis non dovette accorgersene, perché non la vidi affacciarsi alla finestra, a me però tornò comoda la virtù di udire, come i cani, ogni minimo rumore. Andai sull'uscio e, benché due o tre nuvoloni bassi si inseguissero sfiorando le cime degli alberi, sembrava una tranquilla mattina di primavera, con le tortore che si beccavano amorose nei cantucci della fontana. Infilai il vialetto e guardai i pini: erano una distesa di soldati che si univano in lontananza e, sporgendosi, mi guardavano; intanto, fremevano. Ogni cosa, proprio ogni cosa a quel suono infesto cominciò a diventare di pietra, uccisa oppure addormentata. Tanto per cominciare le creste delle sterlizie, che attiravano già un «Ooh», erano ora dei filamenti languidi, piegati su un lato o sull'altro. I gerani, dal canto loro, parevano sfiniti nei vasi rigati da crepe che erano come piaghe al sole, aperte allo stesso modo. Poco più in là, branchi di insetti correvano a spegnersi nel muschio, mentre sotto i miei passi giovanissime foglie, di colpo cadute, si contraevano e gemevano. Proseguivo e, senza volerlo, schiacciavo i ranuncoli che si erano gettati a terra. Guardavo le lingue dell'acero e mi sembravano straziate da troppa luce; guardavo i rami del ciliegio ed erano offesi da troppa ombra. La luce stessa si separava dalle cose e si scomponeva in pezzi senza un criterio. La fontana di pietra, nel mezzo del viale, non aveva più acqua e pareva sul punto di ridursi in polvere. Qua e là intravedevo sassi deformi che ruzzolavano nei fossi o si nascondevano nelle fessure delle aiuole, lasciando scoperti i formicai che erano deserti, come abbandonati. A un tratto vidi un verme il cui addome si stava segmentando, ne sentii persino lo sfrigolio, poi però si ricompose e pian piano riprese a trascinarsi. Sollevai lo sguardo e una mosca venne a posarsi sul dorso del mio naso: aveva la faccia da inferma e certi occhi supplichevoli; provai a scacciarla ma ottenni solo di farla scivolare più in basso, dove si addormentò di colpo, in equilibrio sulla punta. Riuscii ad arrivare in fondo al viale dove c'era la voliera, e fui sorpresa nel vedere i nostri cardellini – solitamente lenti e un po' tocchi – sbattere contro le grate, come prima di un terremoto. Mi sedetti sopra un panchetto e anche io crollai, addormentandomi senza poter opporre resistenza.

Solo quando il gorgheggio dei pini finì – e non saprei dire dopo quanto tempo – ogni cosa ritornò come prima: io mi ridestai di colpo e con me la mosca, che volò via imbarazzata. Poi la fontana ricominciò a gettare acqua, e i sassi poco alla volta uscirono dai fossi e persino gli insetti si ricomposero, mentre tutt'intorno le foglie e i fiori riprendevano fiato sollevati.

Quel giorno il parroco mandò a chiamare Giorgio de Paolis con una certa premura. La chiesa minacciava di crollare per le avarie causate dalla frana, e la parte a monte, rimasta a lungo intatta, si era lesionata. Dato che, dal crollo del soffitto del coro, non era stato effettuato nessun lavoro di manutenzione, era giunto il momento di provvedere. Del resto, de Paolis era sempre stato generoso con la chiesa – alcuni banchi, per esempio, li aveva donati lui, oltre ai due riservati alla sua famiglia e collocati in posizioni decisive per la protezione sacra. Sicché, anche quella volta, dopo il pranzo e un brevissimo sonno che dovette parergli un soffio,

Giorgio si incamminò verso la chiesa. Erano da poco passate le tre, quando all'improvviso il cielo si scurì e lasciò cadere una grandine così grossa che in un attimo le viuzze, le case, la piazza si coprirono di un bianco ghiacciato. Lo scroscio durò poco, ma fu il preludio a un balletto di fulmini come raramente se ne vedono. Una folgore cadde proprio sulla chiesa, nel momento in cui de Paolis saliva i gradini del sagrato. Cadde nel più malvagio dei modi e per lui non ci fu niente da fare: morì sul colpo, ridotto a un nero fantoccio.

# Marcello

Quando mi allontanarono da scuola avevo dodici anni. Dissero che dovevo essere ammansito in casa, perché in classe mi rifiutavo di seguire le lezioni, e anche di stare nel banco. E poi il timore delle malattie mi teneva lontano dagli altri. Un timore del tutto motivato. Sapevo, per esempio, che quando andavano in bagno i miei compagnucci non si lavavano le mani, li avevo visti io stesso sgrullarsi in fretta l'arnese dopo il bisogno e uscirsene incuranti delle più elementari norme igieniche. Quando poi presentavano evidenti segni di malattia usavo una specie di mascherina che tenevo nascosta nella cartella: appena starnutivano oppure tossivano me la sistemavo su naso e bocca.

Era vero che non seguivo le lezioni, che non me ne stavo come un tordo nel banco a pendere dalle labbra di gente come Elisa Serri, una zitellona pelosa che aveva sul mento una barbetta chiaramente caprina.

«De Paolis!» gridava. «Bisognerebbe legartici nel banco, bisognerebbe.»

«Professoressa!» rispondevo. «Bisognerebbe sfoltirla quella barba, bisognerebbe.»

La mamma reagì male al mio allontanamento da

scuola, e comunicò al preside che da quel momento in poi avrebbe dovuto fare a meno delle nostre donazioni. Per quanto riguardava me, avrei continuato a studiare in casa con i migliori precettori in circolazione, mentre tutti loro sarebbero rimasti a vermicolare dentro quelle mura. Io, però, ero ben contento di non dover più mettere piede in quel reclusorio pieno di bifolchi che mandavano odore di stallatico già dal mattino, per quanto il loro confinamento nei banchi sotto le finestre attenuasse un po' i miasmi. E poi era risaputo che portavano i pidocchi nella scuola, gli crescevano addosso e ne avevano dappertutto, pure sulle ciglia.

Ce n'era uno che era il più allampanato di tutti. Si chiamava Bonaventura Paudice e aveva le unghie nere sotto, come se vangasse la terra con le mani. La mattina staccava un pezzo di pane con la sugna che era tutta la sua colazione, e cercava di darmelo. Credeva che gli fossi amico perché una volta gli avevo regalato il doppione di una figurina: gli occhi gli luccicarono come le palle di Natale sopra l'albero. Da allora prese a venirmi dietro come un cane. Non era fastidioso, devo ammetterlo, ma sporco sì, e persino i denti erano inguardabili, tutti accavallati. Abitava nella campagna sotto il paese, in un tugurio senza cesso che era anche un magazzino per le provviste e una stalla per le bestie. Si diceva che dormisse su uno strapunto di frasche di granturco.

Per parte sua, Paudice non prestava attenzione a tali dicerie e si aveva, anzi, l'impressione che le alimentasse lui stesso. Comunque, era l'unico della sua famiglia ad aver messo piede in una scuola. E con quale puntualità si presentava in classe ogni giorno. Dopo la scuola guardava le pecore del padre, oppure le tosava per rivendersi la lana. Quanto alla madre, si diceva che ci sapesse fare con i decotti di erbe spontanee, ne faceva cataplasmi e cose così. Si vociferava che riuscisse a curare le ferite con il piscio, lo stesso che usava per ingrassare il prezzemolo che rivendeva a chi, di tanto in tanto, andava fin laggiù a comprarne in belle dosi.

I tre salivano in paese soltanto nei giorni di precetto, ripuliti ma con le facce dello stesso colore della terra e così le mani, di cuoio. Finita la messa, tornavano ai campi perché il paese non era posto per loro. Ad aspettarli trovavano le pecore e le pozzanghere, e la stamberga in cui vivevano, almeno fino al giorno in cui crollò. Quella notte impallidirono per la strizza.

# Estella

Marcello non riceveva amici, né invero qualcuno veniva mai a chiedere di incontrarlo. Nessuno, proprio nessuno si era gemellato con lui come fanno i giovinetti che si cercano per fare comunella. Marcello odiava gli abitanti del paese, ma la facilità con cui manifestava i suoi odi elementari aveva al fondo un semplice fatto: egli non era che l'ultimo anello di una catena di odi che risalivano per le generazioni.

A lungo mi sono chiesta come uscire da certi gorghi in cui si è chiamati a morire annegati, ma non mi è riuscito di trovare una risposta. Ho concluso che partecipiamo tutti di queste passioni ereditarie, tanto più ostinate quanto più il contatto degli uni con gli altri è continuo. Tuttavia, non sono mai andata più in là di questo inizio.

Marcello era in una tradizione centenaria di risentimenti, che aveva compiuto su di lui la sua opera più riuscita, togliendogli la possibilità di conoscere le cose del mondo in modo più intimo; seppellendogli l'impulso – che pure gli riconoscevo – di avvicinarsi agli altri senza la corazza del suo privilegio. Avvinto a un miscuglio di ostilità che ardevano di riflesso, Marcello agiva con tenera crudeltà. Ne ebbi conferma un pomeriggio, quando mise in scena una commedia sorprendente.

Ero nella piazza e frugavo con lo sguardo i rami neonati di un vischio, i cui tentacoli si aggrappavano con una strana tenerezza all'olmo, al punto che non si capiva più dove cominciava l'uno e dove finiva l'altro. L'olmo aveva combattuto una sua personale guerra contro quella intrusione e, infastidito, aveva tentato di alzare verso l'alto i rami, i quali nello sforzo avevano preso l'aspetto dello scheletro rovesciato di un ombrello, seppure coperto di foglie. Ma siccome la guerra non poteva durare in eterno, una volta finite le sue geremiadi l'albero aveva riportato i rami al posto consueto. Ero intenta a osservarlo, convinta che dovesse pur esserci un significato in quelle intrusioni, quando mi ricordai di aver lasciato socchiusa la porta di casa. Temendo che un colpo di vento mandasse in frantumi il vetro dei battenti, corsi verso casa, anche se a dire il vero non c'era vento. Quando fui sulla soglia feci per afferrare la maniglia, ma ecco che i due battenti si spalancarono insieme, poi urtarono con fracasso ma non si ruppero. Sorpresa, guardai all'interno e appena dopo la soglia vidi un'ombra che scivolava lungo il corridoio. Subito pensai a una bestiola di bosco, un lupo o un cinghiale magrolino, come se ne vedono spesso da queste parti, ma poi mi sembrò che l'ombra si allungasse, che diventasse un'ombra umana. Al principio la vedevo vagamente; più nitida dopo, quando si avvicinò al muro. Giunta all'angolo con la passatoia che portava alla cucina, l'ombra proseguì ancora, voltandosi appena un istante per assicurarsi che la seguissi. A quel punto la sua figura risaltò nitidissima, la vidi in modo preciso. Era ricurva e coperta da una incerata a fiori, di quelle che s'usano in cucina. Mi avvicinai e, mentre alzava la testa verso di me, mi parve di vedere nelle feritoie per gli occhi un breve luccichio, ma nel modo di un vetro appannato dietro il quale non c'era nessuno. Con decisione afferrai uno dei lembi dell'incerata e, sibilante come un fuco, ecco apparire Marcello, sorridente e calmo.

«Che combini?» gli chiesi trattenendolo per un braccio, anche se non era necessario perché era calmo.

«Non fare domande e seguimi» rispose, avviandosi verso le scale che portavano alle camere da letto.

Decisi di seguirlo. Camminava lento, sfiorando il muro. Due volte si voltò indicandomi di stare zitta, l'indice schiacciato sopra la bocca.

Entrammo nella sua stanza e subito notai la sagoma di un uomo su una sedia: era di spalle e aveva un cappello di paglia schiacciato sulla testa, con un nastro viola, uguale alla paglietta che Ada de Paolis usava nei giorni d'estate. Mi accorsi che l'uomo era legato, assicurato con una corda alla spalliera della sedia.

«Chi è là?» chiesi rivolgendomi all'uomo, mentre con la coda dell'occhio guardavo Marcello, che intanto passeggiava su e giù lungo il mosaico del pavimento, stiracchiandosi come prima di una fatica. «Chi è là?» ripetei.

«Non ti risponderà, è un villano. Se ti avvicini sentirai quanto puzza» e con una espressione di soddisfazione Marcello ora si sfregava i ginocchi.

«Chi è quell'uomo?»

«È un villano, te l'ho detto.»

«E perché sta lì?»

«L'ho incarcerato, non vedi? Mi è bastata una corda» disse proprio così, e poi ruppe nella sua consueta risatina, sempre pronta, acuta di trillo.

«Cosa ti è saltato in mente?» cercai di gridare, ma la voce mi usciva a malapena.

«Era nella mia proprietà, dalla parte di dietro, e fissava la casa. L'ho visto mentre stringeva gli occhi per mettere a fuoco le finestre e gli ingressi, immobile nel vialetto. Le gambe, dovevi vedergli le gambe: si incrociavano a ics come quando ti pisci addosso. Ho capito subito che era un ladro.»

Fu allora che mi avvicinai all'uomo. Gli girai intorno, ma aveva il capo chino; con un dito gli sollevai il mento per vedergli il viso e per poco non mi prese un colpo. Giaceva lì, imballato come un pacco, il buon Giacinto, il vecchio banditore che, giorno dopo giorno, attraversava le viuzze del paese per rendere pubbliche le disposizioni delle autorità e per annunciare gli eventi o le mosse della frana. Era zoppicante e cieco, ma non del tutto: qualcosa vedeva, perlomeno le ombre, il che gli impediva di imboccare sentieri sbagliati.

Quando lo liberai dalla corda mi accorsi che aveva una specie di palla di stoffa cacciata dentro la bocca, perché non urlasse. Siccome non riusciva a rialzare il capo irrigidito, lo lasciai stare un momento. Capivo allora che Marcello aveva pensato proprio a tutto, gli vidi gli occhi luccicare. Aveva costretto un uomo in una specie di prigionia, non riuscivo a crederci. Per la prima volta da quando vivevo in quella casa sentii l'impulso di colpirlo in volto, di colpirlo su quella bocca che faceva sghignazzi. Ne fui talmente sconvolta da non potermi muovere. Proprio io che lo proteggevo come potevo dal mondo di fuori che non era per lui; esattamente io che ero poco di più di una compagna di giochi, anche se mi era toccato di accudirlo con un istinto di madre che non avevo, in quel momento avrei voluto dargli forte. Tuttavia, attingendo all'ultima pazienza, mi limitai a guardarlo storto; poi parlai.

«Lo dirò ai tuoi. Sarai punito come meriti. Stavolta non ti coprirò» e afferrandolo per un braccio lo spinsi fuori dalla stanza. Per tutta risposta sorrise alla minaccia di punizione; quindi si liberò dalla stretta e mi abbracciò, prima di correre via.

Quasi intorpidito, Giacinto lentamente si levò dalla sedia sopra la quale era rimasto legato per chi sa quanto tempo e mi spiegò che quel giorno aveva avuto qualche difficoltà nel ritrovare le vie consuete del suo giro; così, nel disgraziato tentativo di orientarsi, era finito nel retro della casa.

«Che è successo a quel punto?» gli chiesi, presentendo l'oscuro seguito.

«Una voce di ragazzo che veniva da una finestra dice: "Chi sei?". Io ho risposto: "Sono Giacinto il guardio". La voce allora fa: "Bugiardo, non hai la trombetta né il berretto da banditore". E io faccio: "La trombetta non mi serve perché grido più forte senza proboscide, ma il berretto l'avrò presto: devono mandarmelo dalla fabbrica". E la voce allora fa: "Aspettami là".»

«Immagino che subito dopo sia venuto a prendervi.»

«Non esattamente. Una volta giù, senza fare motto, mi ha catturato con una fune e siamo rimasti così per qualche minuto, io non mi muovevo, ero in confusione. Solo quando ho cercato di liberarmi dal cappio al collo il ragazzo si è avvicinato. "Se ti agiti è peggio" ha detto e mi ha trascinato via gridando: "L'omo nero è caduto in trappola. L'omo nero è caduto in trappola".»

«Avete avuto paura?»

«Per Gerusalemme, signora, me la sono fatta addosso!»

# Marcello

I bifolchi non perdevano occasione per mostrare la loro più genuina vocazione: trarre quanto possibile dalla frequentazione con i signori e vendersi per una manciata di grano, tanto al resto avrebbe provveduto Dio in persona: «Quest'anno ho seminato cinque tomoli di grano, speriamo che Domeneddio me ne mandi venti». Erano insuperabili nell'impetrare miracoli per far fronte alla propria inerzia.

Tra i posti in cui i bifolchi si recavano a fare giorno c'era casa mia. Ogni volta che venivano su da noi chiedendo udienza a mia madre; ogni volta che portavano le loro figure dentro queste mura, io maledicevo Estella perché aveva spalancato loro le porte, lanciando un richiamo come fanno i topi con il loro tam tam. Voglio dire che per certa gente cacciare il naso fuori del selvatico e ficcarlo in casa nostra era lo stesso che entrare in paradiso.

Più di tutto, mi preoccupavano gli effetti su mia madre di quel viavai continuo. La sua faccia si tirava in uno spasmo appena Estella le annunciava una nuova visita: lei faceva sì sì con la testa ma si vedeva che era impaurita. Poi si segnava la fronte e sgusciava via con il convenuto di turno.

Si appartavano nel salotto piccolo che aveva come elementi d'arredo un divanetto, sul verde cupo, e un dipinto ovale con un uomo arruffato che aveva fra le braccia un fascio di papaveri, veramente brutto.

Mia madre chiudeva la porta dall'interno e così restavano al chiuso per ore. Io cercavo di origliare, soprattutto le prime volte, ma il frastuono delle sedie smosse copriva le parole.

Il fatto che si chiudesse in una stanza con uomini dalle mani callose e chissà il resto, mi dava quantomeno il diritto di pensar male, e non dico di non averlo fatto, specie all'inizio. Diciamo che all'inizio li ho spiati. Ma per quanto spiassi, non si vedevano mai corpi avvinti o vestiti che volavano per aria. Tutto ciò che vedevo era questo: mia madre seduta sul divanetto verdefogliamorta e un uomo (in seguito si presentarono anche delle donne) in piedi davanti al camino, con le spalle al fuoco.

Un pomeriggio, uno degli ultimi nel borgo vecchio, si presentò un fiaccone, mezzo alcolizzato. Era enorme e si muoveva sollevando le gambe con le mani. Senza dire una parola andò verso mia madre guardandosi intorno come se si trovasse in un mondo strano, lontano dal suo. Mia madre gli chiese se avesse bisogno di qualche cosa, il fiaccone fece con la gola un suono strano che poteva voler dire sì, come no. Subito dopo si accasciò su una sedia, tirò fuori dalla tasca una bottiglia d'acquavite e con una bella sorsata si illimpidì la voce.

«Ho trascorso così tanto tempo seduto e in silenzio,» disse alla fine di una pausa durante la quale anche noi ammutolimmo «che non so più camminare, non so più nemmeno parlare.»

«Non preoccupatevi, Cola, e ditemi cosa posso fare per voi» mia madre aveva riconosciuto in quella gigantesca boccia di carni etiliche il vecchio Cola Forti, l'anarchico che anni prima aveva avuto qualche problemino per certi suoi fanatismi.

«Cara signora,» cominciò, tamponandosi con un fazzoletto la fronte per assorbire certe fontane di sudore larghe così «una volta un uomo disse "Noi vogliamo per tutti pane, libertà, amore, scienza". Era tanto tempo fa. Incaricatevi, se potete, di fargli sapere che io ci ho creduto, fino a un certo momento della mia vita ci ho creduto. Quando poi ho capito che ciò in cui avevo creduto con ostinazione di pazzo era un'illusione, mi sono seduto sul seggiolone sotto la pergola e non mi sono mosso più. Nel caso volesse farmi visita, mi troverà là. Ora che tutto è finito, la gradirei una parola di conforto da parte sua.»

Guardai mia madre sconcertato: quattro parole in croce avevano condizionato l'esistenza di quell'uomo fino al punto di inchiodarlo sotto una pergola! Era chiaro che mi trovavo di fronte a un imbecille.

Mia madre non mi guardò nemmeno, occupata com'era ad annuire al fiaccone. Qualunque cosa potessi immaginare io, quei due immaginavano di più e alle mie spalle.

Dopo un'altra boccata d'acquavite, il vecchio allungò la mano a mia madre in un gesto di saluto che non aveva riverenza. Poi si incamminò verso l'uscita, seguito da Estella che andò subito a porgergli il braccio perché vi si reggesse, e intanto gli sfoderò un sorriso plateale, con un lampo nello sguardo tipico della gattamorta che era. A me non aveva mai sorriso a quel modo.

Fu per questo che decisi di fargliela pagare, quella sera

stessa, nell'unica maniera che mi venne in mente, anche perché disponevo di mezzi offensivi veramente limitati. Erano da poco passate le dieci quando scivolai fuori dalla mia stanza; mia madre si era ritirata per la notte da parecchio e Estella stava per farlo.

Non appena sentii scoccare la molla della serratura (evidentemente Estella si chiudeva da dentro) scesi al piano di sotto e, appoggiandomi al muro del corridoio, cominciai a provocarmi il vomito. Subito dopo ci pisciai sopra e impastai il tutto con il piede. All'istante si compose sotto i miei occhi una pozza fumante e giallognola, con le striscioline di cibo che si stagliavano sul miscuglio come le figurine umane nei dipinti fiamminghi. Quindi ne presi un mucchietto con il piede e lo trascinai per il corridoio fino alla cucina, poi tornai indietro e, sempre col piede, disegnai cerchi di schifo sul battiscopa, grandi, sempre più grandi, fino al cerchio grandissimo sulla porta di casa, che era di finissimo vetro. Soddisfatto, mi sedetti a terra per contemplare l'opera, ma siccome un lavoro tanto raffinato meritava un suo pubblico gridai: «Estella, Estella cara, vieni a vedere che ho fatto». Lei venne di corsa e si portò le mani al viso non appena vide quel bel pâté.

«Ora sorridi anche a me» le dissi, mentre mi godevo la scena di lei in ginocchio che puliva. Senza dubbio fu uno dei momenti migliori della mia vita.

# Estella

Fu dopo la morte del marito che Ada de Paolis cominciò a chiudersi nel salotto dei papaveri, dapprima di tanto in tanto, poi sempre più spesso. Appena mi resi conto di ciò che accadeva fra quelle mura, cercai in ogni modo di dissuaderla, ma non mi ascoltò. Ho capito in seguito che non riusciva a fare altrimenti: senza il marito era come un fiume senza sponde, un cuore che si educa a morire, simulandosi morto fra i vivi e vivo fra i morti. Mi chiedo ora se non avesse ragione lei.

È infatti una pazzia credere che basti aggrapparsi a chi è restato. È anzi vero il contrario. Sediamo presso i morti che ci divengono così cari, ne ascoltiamo le parole il cui senso abita in noi e non dobbiamo fare altro che riconoscerlo. Talvolta essi ci ricompensano, quando ritornano a casa nelle forme più strane. D'altronde, nessuno fra i morti se ne va completamente, così come fra i vivi nessuno ci sarà mai del tutto. Presso i morti possiamo cessare di ricoprire il dolore con un suono di campane, nel tentativo ostinato di mandarlo via. Il dolore fa il suo giro, che non ha nulla di chiaro. Qualche volta diviene inerte, come una cicatrice. Altre volte si conficca come una spina sotto l'unghia, e lì resta. In ogni caso ci accomuna tutti. Perciò

Ada de Paolis riconosceva il suo nel dolore degli altri, allo stesso modo sincero, indiscutibile, e se ne sentiva parte. Confidava nell'accoglimento dei segni, delle coincidenze che indicassero quanto è sottile il confine fra noi e loro. Diceva che non occorrono cimiteri per incontrarli, e se ne era persuasa osservando come il sole, certi giorni, insorgesse dal suo fondo in maniera insperata; in quei giorni si metteva a guardare l'acqua che scorreva oppure sotto gli alberi che avessero un'altalena.

Tuttavia faticai a capire, perché non potevo credere che questa cosa che a nominarla si trema da capo a piedi dovessi incontrarla prima del tempo e con una tale frequenza. Quando poi vidi i tanti che si accasavano fra queste mura, partecipi di una congiura che non aveva niente di oscuro, capii che l'invalicabile è soltanto una soglia dove restiamo come nella bolla di un sogno. Questa stessa casa, risparmiata in parte dalla frana, restò plasmata dalla precisa intenzione di farne il luogo della loro ultima dimora. Per questo essi tornano. Perciò è casa mia.

Cominciò quando riportarono a casa il corpo scomposto di Giorgio de Paolis. Ada non si avvicinò subito a quella specie di fantoccio che era diventato il marito – un uomo imponente che avrebbe potuto fare il cinema, capelli di un grigio elegante, naso affilato senza gobbe, e poi quel suo modo di parlare lento, ma lento, come se compitasse. Adesso era tutto duro e nero, un tronco d'albero proprio; gli uomini che lo avevano issato dal sagrato e portato a casa a forza di braccia lo coricarono sul pavimento del corridoio, togliendosi poi il cappello e segnandosi più volte.

Ada lo guardava.

«Che scherzo è mai questo?» diceva, portandosi ora l'una ora l'altra mano sul viso.

«Ehilà, Giorgio!» continuava a dire.

«Oh Giorgio, vorrei tanto che ti ripulissi, che è quasi ora di cena e non ci si mette a tavola sudici.»

Distolsi per un momento gli occhi da quella visione che non sapevo se attribuire alla mia immaginazione o, piuttosto, all'accanirsi del destino contro quella famiglia, e notai che la Peppa se ne stava affacciata sul corridoio. La sua figura era a malapena distinguibile, avvolta com'era nell'ombra, ma le vidi in mano un lenzuolo srotolato. Le feci segno di venire avanti e di coprire il morto, e lei così fece.

«Sotto il lenzuolo dei morti non lo riconosco» disse Ada rivolta a me, qualche istante dopo la copertura, e nella sua voce c'era già un po' della nenia che precede il pianto, il momento prima dello scoppio.

«Portatelo di là, nel salottino dei papaveri. La Peppa vi indicherà la strada» fece poi rivolta agli uomini che avevano riportato a casa il corpo.

Poi di nuovo a me: «Non so cosa verrà d'ora in poi, ma so che stanotte Giorgio parlerà, e io lo terrò stretto a me, il mio seno è ancora caldo».

Quindi si chiuse nel salottino e non riapparve che dopo due giorni, quando finalmente acconsentì al funerale. A ogni modo, il suo volto mi parve disteso: qualunque dolore avesse sofferto, sembrava averlo dimenticato.

«La nebbia si è alzata presto, stamane» mi disse, mentre ci incamminavamo lungo il vialetto, in corteo dietro la cassa portata in spalla da sei uomini. «È un giorno bello per un funerale.»

Dei volti senza numero che si aggiravano fra queste stanze in cerca del bene che venisse da lì mi è rimasto un ricordo confuso: alcuni fecero solo una comparsa, altri s'imposero per la costanza delle visite, per lo scrupolo con cui si presentavano. Fra questi ultimi c'era un uomo che nella linea sottilissima che separa i due mondi aveva già decifrato il senso del suo destino. Si chiamava Maccabeo. Voglio ricordarlo perché, per tutto il tempo che poté, venne in casa portando con sé un seguito di gioia, insolito nelle visite di quel tipo. Era un gentiluomo, assai vecchio, sui novant'anni, con una folta barba bianca che il vento scarruffava come le piume di una gallina, rivelandone la carne. Nel tragitto dalla sua casa alla nostra qualcuno lo vedeva inginocchiarsi e restare raccolto per un certo tempo, intento a pregare. Qualche volta lo vedevo anch'io raccogliersi in un angolo della casa e restare immobile per un certo tempo; poi si risollevava e tornava allegro. Aveva con sé una borsa piena di libri e una volta che Marcello gliela prese per giocherellare, lanciando poi per aria i libri, scoprimmo che si trattava di libri contabili. Il buon uomo non s'infuriò, anzi raccolse ciò che ne restava e ci rivolse un sorriso senza accusa. Nemmeno quando Marcello cominciò a imporgli di togliersi le scarpe sull'uscio – le volte in cui più forte lo prendeva la paura delle malattie – il buon uomo reagì male, perché era sempre meglio assecondarlo, diceva. Ciononostante, prese presto l'abitudine di portarsi dietro, oltre ai libri, un paio di babbucce per non rimanere scalzo.

Un giorno, mentre aspettavamo che Ada rientrasse da

una visita, Marcello curiosamente si rivolse a Maccabeo: «Vista la lapide in ricordo di mio padre davanti alla chiesa?» gli domandò, guardandosi le dita della mano.

«È molto bella» rispose l'uomo.

«Bella un corno! È stato commesso un grave errore nella trascrizione del cognome: è stato inciso De Paolis, con la *D* maiuscola anziché minuscola, vanificandone l'origine nobiliare.»

«Non è poi un gran danno, signorino. Di là, fra i morti, nessuno vi farà caso» gli disse e ripose le mani in grembo, disponendosi di nuovo a fissare la finestra, in paziente attesa di Ada.

Marcello scoppiò in una risata, tinnula al suo solito modo, prima di dileguarsi. Il giorno successivo volle a ogni costo preparare lui stesso un tè per Maccabeo. Non ci fu verso di dissuaderlo. Scoprii soltanto a sera che non soltanto aveva orinato nella teiera, ma aveva bagnato i bordi della tazza con un composto di vermi diluiti nell'acqua calda. Fu lui stesso a dirmelo, in una specie di trionfo animale.

# Marcello

La seccatura degli zappaterra che venivano ad assediarmi la casa durò fino a quando rimanemmo al paese vecchio, dato che mia madre spalancava loro le porte, e non ho mai capito il perché. Venivano in casa nostra ogni volta che volevano, venivano a bere dalle tazze che Estella prontamente riempiva di caffè o cacao, e si sconvolgevano all'idea di poter sorbire un liquido che non fosse la loro broda quotidiana. Mentre bevevano, emettevano risucchi da far impallidire le vacche e non facevano che parlare di altri poveracci afflitti da noiose malattie, o di tradimenti e liti, in modo che buona parte del paese si ritrovava da noi.

Il colmo fu raggiunto quando mia madre, sollecitata dalle beghine della carità, accettò di «regalare ai piccoli poveri del paese qualche ora di sollievo e di gioia in occasione delle vicine feste natalizie», e questo sollievo doveva essergli dato proprio in casa nostra.

L'idea fu accolta con entusiasmo dalla ridicola élite di Alento. Dissero che era proprio necessaria una festa bella e umanitaria, ma ciò di cui avevano veramente bisogno era un'occasione per sfangarsi la coscienza in vista del Natale. A spese nostre.

La faccia di Estella si colorò di una pericolosa contentezza e, per preparare ogni cosa in tempo, si diede da fare peggio di un cane dietro una lepre. Era evidente che le bastava sapere di avere i suoi simili intorno per raggiungere uno stato di esaltazione, si capiva anche da come le brillavano gli occhi, solitamente di un azzurro mummificato.

In capo a due giorni fu allestito un gigantesco albero di Natale nel salone di casa e sui rami ci fu un'esplosione di sacchetti di frutta candita e cioccolato.

La sera del 23 dicembre i piccoli di bifolco in circolazione si presentarono alla nostra porta e subito si sparsero nei corridoi, guardandosi intorno a bocca aperta. Uno di loro, che si era infilato in un bracone come ne portano i turchi, vedendo un corrimano di ottone gridò «Ma è d'oro!», io gli feci sì sì con la testa perché era inutile chiarirgli certe differenze.

Quando si calmarono mi disposi a osservarli meglio. Erano incredibilmente fuori posto e, infilati a forza negli abiti della festa, parevano già vecchi.

Nei maschi si notavano tenaci scriminature che attraversavano la testa da parte a parte; fra le femmine spiccava una che si era messa un cappello che non aveva più la tesa. Si chiamava Lucia Parisi, era stata mia compagna di classe per qualche anno. Modesta nell'abbigliamento, persino pulita, viveva nella campagna di Terzo di Mezzo, ma non era stupida, infatti gli insegnanti non la ritenevano un elemento passivo, a differenza di altri. Nonostante ciò, smise presto di frequentare la scuola, ancor prima di me. Quando fu il momento di togliersi il cappello cercò di sfilarselo in ogni modo, ma non ci riuscì e se lo tenne in testa per tutta la sera come una scuffia che le conferiva un aspetto particolarmente selvatico. Da sotto spiccavano occhi ingigantiti dallo stupore di trovarsi in un luogo incantato, occhi che correvano di qua e di là. Girando lentamente su se stessa fissava ora le statuette di porcellana ora gli stucchi alle pareti, ora l'argenteria ora i cristalli; fissava persino i libri e i dipinti e non si staccava da quelle visioni. Era come se avesse iniziato un viaggio tutto suo e, attraverso il colloquio degli occhi, scopriva un mondo che le era stato negato fino ad allora. A un certo punto inciampò nei suoi stessi piedi e ruzzolò; imbarazzata, rimase a terra per qualche minuto, poi Estella corse a darle del cioccolato e subito, addentandone un pezzone, si riprese dalla caduta.

Quella sera era stata accompagnata dal padre, tal Consiglio Parisi, che rimase ad aspettarla accasciato sulle scale; a un certo punto mia madre lo raggiunse. Li vidi parlare con una tale confidenza che non riuscii a trattenermi e andai a origliare, ma rimasi deluso: l'uomo parlava di una figlia morta, certa Mariuccia, e mia madre lo confortava; io feci un gesto scaramantico e mi allontanai. In seguito, l'avrei visto altre volte in casa, in cerca di mia madre, che si lasciava andare a una prossimità che non riuscivo proprio a giustificare. E, quel che è peggio, costringendovi pure me.

Anche gli altri ospiti non fecero che guardarsi intorno quella sera, ma più che altro giravano intorno all'albero carico di cose buone, accalcandosi l'uno sull'altro quando mia madre dava loro manciate di dolci. E se fino ad allora erano sembrati storditi, subito diventavano svegli, si asciugavano gli occhi acquosi su una manica e si affrettavano a ricevere. A un certo punto ne vidi uno afflitto dalla piccola pozza che l'urina gli aveva formato ai piedi. Incredulo, guardai mia madre ma lei si voltò dall'altra parte. Quando fu il momento dei saluti, si raccolsero nel corridoio; visti dall'alto delle scale formavano una carovana stracciona in partenza per il nuovo mondo.

Fuori di quelle occasioni belle e umanitarie, i bifolchi si congelavano un'altra volta. La cordialità verso questi, la liberalità con cui i ricchi si incaricavano di trattarli in vista delle festività, non erano che un'apparenza condizionata da interessi vasti e molteplici. Salivano in paese solamente nei giorni di precetto, mentre per il resto del tempo vivevano nelle campagne addossate al borgo. Pastori, giumentieri, vaccari... la scuola confinava i loro figli nei banchi sotto le finestre, in modo che il puzzo se ne uscisse dalle fessure. Allo stesso modo in chiesa: restavano in fondo a tutto, sfiniti ma in piedi, restavano a sentir parlare di monti sacri, ma non conoscevano che le loro montagne.

Mio padre aveva donato alla parrocchia due coppie di banchi: una coppia apparteneva di diritto a noi e infatti ci era riservata, come risultava dalla targhetta di ottone con inciso il nostro cognome – si trattava della coppia vicino all'altare, sulla sinistra, proprio sotto la statua della Madonna della Frana, senz'altro la migliore posizione in quel contesto. L'altra coppia era priva della targhetta e perciò disponibile. Fatto sta che i bifolchi non si sedevano mai su quei banchi, nemmeno quando, crollato un pezzo di tetto della chiesa, ai signori non sembrò più così necessario restare nei ranghi, visto che servivano braccia forti per la ricostruzione.

Ai banchi donati da mio padre se ne aggiunsero altri donati da altrettante famiglie facoltose, tutta gente molto retta e religiosa, in perenne contrasto per l'assegnazione dello spazio in cui posizionare il banco. Il parroco suggerì una rotazione semestrale, dalla quale restavano ovviamente esclusi i bifolchi, che però non ne risentirono. Dopotutto lo sapevano anche loro: finita la messa, dovevano tornarsene nelle campagne perché la comunità era cosa d'altri. A loro restavano le pecore, da tosare tre volte l'anno, e le fetide pozzanghere che nessuno bonificava, e poi le erbe spontanee, il loglio, il trifoglio e tutte le erbe mediche che volevano. Prima o poi qualcuno sarebbe andato nelle paludi a cercare decotti, cataplasmi, filtri e rimedi. In quei casi, all'istante, si saldava la comunità. I bifolchi per un minuto se la ridevano.

# Estella

In questa casa sono passati molti degli alentesi: il paese vi entrava e si perdeva a poco a poco, lasciando la sua ombra sulle pareti, un'ombra che vi giace ancora ed è tutta l'eredità di quegli anni. Non è gran cosa questo tutto che mi resta, lo so. D'altronde, come potrei avere la presunzione di trattenere di più della grazia di un'ombra che passi sui muri, se fuori il vento ha rotto le persiane e dentro l'intonaco viene via dalle pareti? Nella memoria porto i gesti, le moine dei ricordi, mentre davanti a me non c'è che questo modo della casa di restarsene in se stessa, curva come una bestia morente che tenta il riposo. Non crederò inutilmente alla perpetuità, so bene che la casa non ci sarà per sempre, ne vedo le crepe, gli scoppi nella struttura. Se mi avvicino ai muri ne carezzo la grana, la tocco come una pelle ferita. Così, penso, fintanto che si tiene – se questa grande casa resiste, se resiste pur ridotta così, se ce la fa e ce la fa – posso resistere anche io, un giorno buono e l'altro no, una ferita via l'altra, in questa mia dimora provvisoria, in questo posto in cui stare, solo un po', ancora un po'.

E poi ci sono loro, tuttora la casa li aspetta, benché

si mostri sciupata da nottatacce, rotta in molte sue parti. Mentirei se dicessi che non vi fanno caso: li vedo guardarsi intorno e guardare le travi; tuttavia, posseduti dall'attesa, essi non mancano mai all'incontro con la casa come fosse una sposa. Io li ricevo nella stanza che guarda sull'olmo – l'albero sotto il potere della notte che ci libera dalla grande afflizione del reale – e insieme, nella veglia, crediamo di livellare destini.

Una volta, verso la fine di un marzo piovoso, persino il parroco ci chiese ospitalità, quando una parte della canonica dirupò a seguito di un brusco movimento della frana, e non si trovò altra soluzione che accoglierlo in casa.

Tutto impomatato, don Basilio si presentò nel pomeriggio con un gran fragore di vesti e, dopo aver discusso con la de Paolis della frana e dei suoi reumatismi, si dispose a tavola ben prima dell'ora di cena, annunciando in un boato di stomaco l'appetito che lo divorava. Aveva le narici perennemente dilatate e occhi incuriositi da ogni minimo trafficare di stoviglie, oltre che un ventre a bolla che meglio di un albero avrebbe potuto offrire riparo a numerose specie animali. Una volta scelta la posizione che tornava più comoda al suo addome – quell'addome che si confondeva a tal punto con la vescica che il genio paesano gli aveva assegnato l'apostrofo di *vessicone* – chiamò la Peppa con un gesto del braccio, ordinandole di portargli un brodo caldo, che senz'altro gli avrebbe giovato alle ossa. La pioggia cadeva e cadeva a torrenti da giorni, come può piovere da queste parti quando vuole. Il prete non sembrava preoccuparsene: tutto ciò che sentiva era il richiamo del ventre e così dopo il brodo, che dovette appena calmargli l'appetito, ci invitò a prendere posto perché avesse inizio la cena vera e propria. Ada ne fu visibilmente infastidita ma non espresse i suoi pensieri a voce alta.

A tavola fummo solamente in tre perché Marcello preferì restare nella sua camera, al solito poco disposto a intrusioni di quel tipo.

«Orrenda schiavitù un apparato digerente funzionante,» cominciò il prete, non appena ebbe davanti l'arrosto orlato di patate e uva passa «sì, perché nel medesimo istante l'intero meccanismo si compie» aggiunse, addentando il primo sostanzioso boccone.

«A quale meccanismo vi riferite?» gli chiese Ada, a cui non sfuggì, come d'altronde non sfuggì a me, un rumorino di risacca che proveniva dal gozzo del prete.

«L'immissione e l'espulsione del cibo, cara signora. Checché se ne dica, esse si determinano qui e ora, a tavola, anche se poi l'emissione avverrà in seguito, in un'altra sede. Il nostro stomaco ci getta subito e per sempre in balìa dei visceri, e il tutto avviene inequivocabilmente a tavola.»

«Non trovate il discorso inappropriato a una tavola imbandita?» domandò lei, con la fiera piccola bocca che le tremava per lo stupore.

«Per quanto possa ripugnare, cara Ada, è questo l'ineliminabile ciclo di ogni essere vivente. Non c'è altro.»

«È curioso che siate proprio voi a dirlo» fece lei, lasciando cadere un'occhiata piena di disprezzo.

«Sciocchezze!» esclamò lui. «Cito, salmo 138, *Sei tu*

*che hai creato le mie viscere* eccetera eccetera. *Ti lodo, perché mi hai fatto* eccetera eccetera *sono stupende le tue opere, tu mi conosci fino in fondo...*» aveva la bocca piena di carne mentre parlava e, senza posare la forchetta, infilzava una dopo l'altra le patate che gli restavano nel piatto.

Fu allora che Ada, riferendo di un malessere che quasi certamente non aveva, si alzò per andarsene; mentre prendeva commiato le vidi, di traverso, un lampo di sprezzo nello sguardo, lampo di cui il parroco non parve avvedersi. Restai io sola a tavola con lui, che si mostrò allegro per tutto il tempo, benché quei vapori che di tanto in tanto sfuggivano al suo controllo mi dessero la sensazione di un dannoso ristagno ormai in atto in quel corpo di *vessicone*.

Dopo cena ci sedemmo in salotto, non distanti dalla finestra che guarda sulla piazza dell'olmo. Decidemmo di prendere un tè. A quell'ora la luna colpiva con due o tre raggi il cespo dell'albero, così che il fracassone sembrava un enorme vecchio con la barba bianca.

«Questa, cara Estella, è la notte giusta per le idee» mi disse a un certo punto il prete, ma come parlando fra sé, mentre affondava nella poltrona che era stata del signor Giorgio.

«Per le idee?» gli feci eco fissandogli le dita che, nel gesto di rigirare alla svelta un mezzo sigaro, sembravano mimare il conteggio veloce delle banconote.

«Sì, mia cara. Mancano quattro mesi alla festa della Madonna della Frana e devo rifare l'abito alla statua.»

«Che è successo?» chiesi tradendo una certa apprensione, perché quella della Frana era una festa sentita, al punto che per tutto il mese di luglio il paese si metteva in fermento, con le strade che si riempivano di archi luminosi, di pannelli colorati e stendardi che riproducevano l'immagine della statua, fasciata nel suo lungo abito marrone.

«Hai qualcosa di forte da offrirmi, un vecchio liquore, un whiskettino?»

Andai al mobiletto dei liquori, che era incastonato nella cristalliera. Trovai solo il fondo di una vecchia bottiglia di nocillo, giacché dalla morte di Giorgio de Paolis il bar non era stato più rifornito. Diedi al prete il suo bicchierino e di nuovo gli chiesi cosa era accaduto all'abito della statua.

«L'ho trovato consumato sui gomiti e ai lati del bacino dalla pressione del gesso, un'usura inaspettata che mi ha colto di sorpresa.»

«Come è stato possibile?» chiesi.

«L'umido che ristagna nella chiesa e le piogge di questo inverno. Non posso fare altro che incolpare le piogge.»

«Ma è passato appena un anno dall'ultima volta che è stato rifatto. L'umidità richiede più tempo per agire» feci io, mostrandomi oltremodo sicura.

Ci fu una pausa, durante la quale il prete accese finalmente il sigaro e aspirò quattro o cinque boccate di fumo belle grosse. Poi riprese a parlare.

«Be', devo dirti che l'abito non è mai stato rifatto. Quando un anno fa sparì l'oro della statua non ci volle molto a convincere i parrocchiani che era servito per acquistare un nuovo abito. Non era proprio il caso di mettersi a dare spiegazioni che non avrebbero compreso. Così, dando una spolveratina al tessuto e una mano di cera ai cordoncini, l'abito da vecchio tornò nuovo e nessuno si accorse di niente. È gente fessa, questa.»

«E dell'oro che ne è stato?» domandai.

«A saperlo! È un mistero, mia cara, un vero mistero. Ma il gruzzolo si ricostituirà presto, vedrai, c'è troppa paura fra questi orbati.»

«Che significa?»

«Che si privano di tutto, anche dei minimi ninnoli che possiedono per mettersi entro il raggio di protezione della statua.»

«Sembrate farvene beffe, ma io ho sentito come incoraggiate le donazioni con voce possente e ben esercitata.»

«Certo, certo. È mio dovere incoraggiare. Cito: *Date e vi sarà dato, perché con la misura con cui misurate sarà misurato anche a voi.* E ancora: *Non vi fate tesori sulla terra ove la tignola e la ruggine consumano e dove i ladri sconficcano e rubano, ma fatevi tesori in cielo, ove né tignole né ruggine consumano e dove i ladri non sconficcano né rubano.* Ti basta?»

«Questa gente non ha tesori, ma tignole e ruggine in abbondanza. Eppure dona ciò che ha, tutte le volte che può.»

«Ma non è niente che viene dal cuore, ragazza. Sotto sotto c'è sempre l'interesse meschino. Per esempio, un certo anno un tale, povero in canna, donò alla statua un laccetto d'oro che pesava non meno di tre once; una donazione che poteva spiegarsi solo alla luce di certe sozzerie che il tizio aveva fatto quando gli avevano ricoverato la moglie per un'artrosi cervicale. Un altro anno una donna bestemmiò pubblicamente i morti di una sua cognata; per tutta risposta la cognata l'affatturò, servendosi di una ciocca di capelli che lei stessa le aveva strappato in una lite. Entrambe le donne quell'anno sentirono la necessità di donare alla statua un bracciale d'oro bello grosso: lo acquistarono assieme, dividendosene il costo, perché entrambe avevano il marcio nell'anima. Potrei continuare ma gli esempi mostrerebbero solo come la loro fede sia fondata unicamente sulle loro miserie.»

«Non dovreste ingiuriarli. Sono un gregge, no? Il vostro gregge. Perlomeno così gridate dal pulpito, riempiendo l'intero spazio della chiesa. Toccherebbe proprio a voi guidarli.»

«Ma cosa vuoi capire tu, ragazza. A questa gente piace stare sotto il calcagno: li senti irrigidirsi, diventare legnosi ma non li vedi mai offesi, se schiacci un poco di più eccoli arresi. Dici loro di venire e quelli vengono. Dici loro di spostarsi e si spostano. Di andarsene e se ne vanno. Li puoi raschiare vivi, non se ne accorgono: hanno cervelli chiusi, sono ottusi.»

«Tuttavia ne prendete le farine e i pollastri di cui si privano per riempirvi la sagrestia, prendete persino i lasciti e le donazioni. E non serve che io vi citi il *Deuteronomio* per ricordarvi che è proibito ai sacerdoti di possedere beni e ricevere eredità.»

«Cita, cita pure! Questi donano per mettersi l'anima in salvo, non certo per me. Ma ora lasciami in pace, che devo riflettere: senza volerlo forse mi hai dato un'idea per rifare l'abito.»

«Posso sapere di cosa si tratta?»

«Le provviste, ragazza, le grandi sporte di farina, castagne, noci e uova di cui mi riempiono la sagrestia. Un tale ammasso da sfamare un esercito, che presto marcirà per l'umidità che c'è nella chiesa. Il vino e l'olio però li ho già messi al sicuro. Quindi ecco l'ideona. Organizzerò una sagra con quei prodotti e tutti potranno acquistarne a volontà, pagandoli con un leggero *dippiù* rispetto ai prezzi correnti perché quella merce è stata in chiesa per mesi e, sopra di essa, ogni giorno è scesa la benedizione della santa messa.»

«Oh, questa è bella!» esclamai, non riuscendo più a trattenermi. «L'ideona è dunque una frode. Volete metterli nella condizione di riacquistare a caro prezzo ciò di cui si sono privati per farvene dono?»

«Ma che frode e frode d'Egitto! Vedrai che mi saranno grati. In fondo di cosa hanno bisogno? Di un pugno di grano consacrato da spargere nei campi perché contagi di buona sorte i successivi raccolti. Cercano olio, olio benedetto per alleviare i dolori di testa in modo da non doversi recare dal medico. Si farebbero uccidere per una mezza dozzina di uova in odore di benedizione che rifocilli di colpo la loro prole malaticcia meglio della carne, che comunque non possono permettersi.»

«Avrete così quadrato il mondo a vostro vantaggio solo per non rimetterci» lo interruppi, perché a quel punto la misura era colma.

«Cosa vuoi saperne tu. Io dico che saranno ben contenti di riacquistare della roba che è stata così prossima all'*infinito*. Sono certo che si sentiranno risarciti delle tante angosce inflitte dal *finito* che non fa che respingerli come cani. Io, dal canto mio, acquisterò un nuovo abito alla statua, uguale al precedente ma integro. E ora lasciami solo: ho da definire i dettagli dell'idea.»

C'era da chiedersi come si sentisse la statua in quei frangenti, senz'altro sola e poco orgogliosa di questo suo destino. Questione che nemmeno lambiva don Basilio, il quale subito si immerse nella definizione dell'ideona. Mi allontanai dalla stanza. Fuori, nonostante il buio e la pioggia, era primavera, si capiva dalle prime mosche che cominciavano a ruotare intorno alle lanterne. Tutto quello che rinasce a primavera, mi dicevo, qui coincide con ciò che non rinasce mai. Detestavo le grandi paci immortali che, nel succedersi delle epoche, costringevano gli uomini sempre nei medesimi posti, esattamente nei medesimi posti. Avevo davanti a me gli ultimi anelli di una catena che risaliva per le generazioni fino all'origine della soggezione. La Chiesa, persino la Chiesa poco se ne dava pensiero, e lasciava macerare nel sudore freddo questi nati morti; il suo regno era evidentemente di questo mondo, perciò il tempo la toccava rendendola variabile e vana; anche per questo lasciai il chiostro e l'abito.

Mi infilai nel letto andando a tentoni nel buio, ma era un buio irrequieto, rotto dalle bave di luce che valicavano le tende. È primavera, pensai, ma subito un animo d'inverno tornò a gelarmi il petto. Sentii il rumore quasi metallico delle unghie del cane che battevano il selciato. Mi alzai per fargli segno di smetterla. Inoltre non capivo perché, pur avendo una sua tana, non vi entrasse mai, nemmeno quando la pioggia lo colpiva come a bastonate.

Il fatto era che il vecchio Gedeone, là fuori, aveva sempre saputo ciò che io ogni volta scoprivo con sconcerto: con la fronte alta e l'atteggiamento tipico di chi serba in sé una certa purezza, mi chiedeva «Come puoi cavare sangue da una rapa?», «Non posso» rispondevo, «Non puoi» diceva.

# Marcello

«Oggi è un gran giorno» dissi a mia madre quando mi riferì che Estella non sarebbe venuta con noi nel borgo nuovo.

«Un gran giorno?» ribatté lei. «Stiamo per lasciare la nostra casa senza alcuna volontà. Ti sembra un gran giorno?»

«Lei non verrà con noi e lo ha deciso da sola. È un buon motivo per gioire.»

Mia madre mi guardò come si guarda una blatta.

«Estella ha deciso di restare nel borgo vecchio dando prova di grande coraggio. Resterà nella nostra casa e ne sarà la guardiana» disse, e si portò sui fianchi le mani chiuse a pugno.

«Si farà seppellire dalla frana.»

«Non accadrà.»

«Come lo sai? L'ordine di lasciare il borgo è stato perentorio, si corre un rischio grave a restare.»

«A Estella non accadrà niente» tagliò corto lei, e le notai una strana concentrazione nello sguardo. Poi, voltandosi di colpo, uscì dalla stanza.

Non saprei dire su cosa mia madre avesse fatto affidamento per la sua previsione, da dove le venisse quella boria divinatoria. Aveva sempre avuto strani presentimenti, aggravati da una devozione incrollabile, quasi maniaca, per i morti. In ogni caso non mi interessava scoprirlo. Avevo ventiquattro anni e stavano per spalancarsi nuove vie, infinite possibilità per me. Intorno si constatava un fuggi fuggi generale, un delirio collettivo sulla via che dal paese vecchio portava al nuovo. Vecchi ringhianti, donne ringhianti, bambini che ringhiavano. I bifolchi con le facce da patata gelata si erano decisi a spostarsi dalle loro case: qualcuno era felice perché avrebbe avuto una casa nuova; qualcuno lacrimava accarezzando le pareti della stamberga che doveva abbandonare.

Per quanto mi riguardava, andavo radunando le energie positive e traevo ottimismo dal cambiamento: niente più casa del rancore e della privazione e, soprattutto, niente più Estella, il cui ricordo avrei avvolto in uno straccio e appeso al soffitto, e lo avrei lasciato lì per insultarlo come il corpo di un traditore che ha voluto impiccarsi.

Non la vedrò più, dicevo fra me, non la rivedrò più aggirarsi lugubre nella casa di cui si è impadronita. Il mio cuore tremava tutto e sembrava volesse piangere per liberarsi delle sensazioni che l'assediavano. È finita, mi ripetevo. Gli occhi, quegli occhi agri e affilati non si poseranno più su di me. Il suo volto pallido e i capelli, quei capelli stupidi non sfiorerò più accidentalmente.

Provai il tremendo desiderio di colpirla ancora una volta, come facevo di tanto in tanto, quando meno se lo aspettava. Poi però mi venne una sensazione di leggerezza, come se mi fossero stati tolti di dosso diversi pesi: finalmente stavo per liberarmi di lei e delle mie ossessioni, che grosso modo coincidevano. Estella non era morta come avevo sperato negli otto anni della nostra convivenza, ma ora sapevo che era soltanto una parola di cui potevo fare a meno.

# Estella

L'esodo più consistente si verificò a partire dagli anni sessanta, benché le prime disposizioni per lo sgombero del borgo in imminente pericolo di rovina risalissero agli inizi del Novecento.

Sul finire dell'Ottocento le stradine del paese erano state occupate dall'acqua che scendeva incontenibile dalla collina, formando rivoli e pozzanghere, che intaccarono le fondamenta delle case. Nei punti in cui il terreno si abbassava come cedendo a una pressione si formarono fosse di raccolta dell'acqua che non aveva possibilità di scolo. Accadde anche nella grande piazza, che si trasformò in un cerchio malarico. Solamente l'olmo non parve risentirne: le acque gli giravano intorno, mormorando un canto dolente, ma non ne fiaccarono le radici, che sono rimaste intatte, e così i rami, che ancora li scherza il vento.

Gli alentesi seguitarono a frequentare la piazza e continuarono a raccogliere l'acqua dal pozzo pubblico, poco più in là della piazza, con la stessa tenacia con cui abbattevano i muri pericolanti delle loro umide dimore e li ricostruivano senza requie. Si abituarono all'instabilità del suolo sopra il quale si svolgeva la loro vita come a un'ineluttabilità contro cui non potevano far niente.

D'altronde la frana non era mai stata il peggio: il peggio era la miseria, invincibile e perpetua, che c'era sempre stata, esattamente come la frana. E, anzi, pareva che si muovessero insieme, che insieme mimassero una danza di cui gli alentesi avevano imparato bene i passi. Il paese dirupava e i suoi abitanti si indebitavano a causa delle continue perdite, dei muri caduti, dei solai sfondati da ricostruire almeno una volta all'anno. Si addestrarono, in breve, a non far caso a un quieto stile di terremoto che fluttuava sotto i loro piedi.

Nell'anno in cui anche i de Paolis se ne andarono insieme alla Peppa, il sindaco era stato irremovibile: il trasferimento doveva avvenire al più presto per non incorrere in spese per il disseppellimento dei cadaveri dalle macerie, di molto superiori a quelle richieste per il trasloco. Malgrado ciò, molte famiglie preferirono rimanere nel borgo vecchio, specialmente quelle che vivevano a monte della piazza, le cui case erano state danneggiate solo un poco dalla frana. A muoversi verso il nuovo furono le famiglie benestanti – che poterono costruirsi case persino più sontuose delle precedenti – e quelle poverissime, alle quali la terra aveva portato via ogni cosa. Andò così per i Paudice – marito, moglie e un solo figlio – che vivevano a valle, in una delle zone a maggior pendio. Una notte, mentre i tre dormivano nell'unica stanza al piano superiore della loro casa, una trave cedette proprio vicino al letto. La donna riuscì a prendere il figlio per un braccio e lo stesso fece con il marito; insieme saltarono sopra il pezzo intatto di solaio. In quel momento due casse di grano curiosamente si accostarono e, rimanendo in bilico sulle travi, chiusero il buco nel pavimento, arginando la crepa. I tre riuscirono a non cadere, ma persero tutto e non vi fu modo di ricostruire la casa. Si spostarono anch'essi nel paese nuovo, appena poterono.

Io restai nella casa dei de Paolis, con il grande edificio dei ricordi a tenermi compagnia, un edificio di anno in anno più grande e infine spaventoso, quando anche le ultime famiglie se ne andarono.

Assieme a me, per qualche anno, restarono le famiglie che avevano una dimora per il momento solida, e il cimitero che si ridusse presto a un pascolo di cani vaganti. Restarono alcune vedove e, tra queste, Libera Forti, che venne spesso a farmi visita. La donna soffriva di bizzarri accidenti, sedotta dagli stessi misteri che avevano sedotto il padre. Spesso aveva assalti di un riso incontenibile e, altrettanto spesso, rompeva in singhiozzi paurosi. Ripeteva di continuo una nenia che forse era una preghiera; ho capito molti anni dopo – solo quando cominciò a prendere parte alle cene in questa casa – quale intimo significato avesse per lei quella litania. Libera Forti aveva fedi e illusioni da povera pazza, ma non era pazza. Un grido soffocato sembrava accompagnarla ovunque andasse, ed era così dal giorno in cui le avevano riportato a casa i corpi del figlio e del marito frantumati da un carico di balle di fieno, e ricomposti poi su due assi di legno. Libera non si guardava mai allo specchio e se sciaguratamente le capitava di incrociarsi in un vetro cadeva a terra, vinta. Non era più giovanissima, ma stava abbastanza bene in salute. La sua vecchiaia non le veniva tanto dall'età quanto dall'aspetto che si era precocemente adattato a un cuore chiuso. Come a volerlo mostrare, si aggirava in ambigue gramaglie, più somiglianti a un abito da sposa sudicio che a una veste da lutto. Ma il peggio erano i capelli: poche ciocche che avvizzivano sul capo, in mezzo a bolle e croste che lei stessa si procurava. Tuttavia, in molte delle sere di veglia del mio malumore, ho trovato proprio in lei una compagna con cui ricordare il passato, non solo il mio ma anche quello del paese, che restava nitido in me e anche in lei.

Fu per questo che quando sparì – forse inghiottita dalla botola nella Grotta dell'Angelo – sentii ancora più inconsolabile la mia solitudine, destinata ad accrescersi ogni giorno di più, sensibile ai rimpianti, piena di credulità.

Quando pure questa casa cominciò a diruparmi addosso – un frullio di calcinacci dietro l'altro – io ero già cotta e mi facevo sera da sola, senza più voler sapere in che punto preciso del tempo ero. Non chiedevo nulla: sedevo presso i muri che dilungavano il loro sibilo di vita e non chiedevo nulla. Aspettavo, questo sì, ma sapevo bene quanto l'attesa fosse vana, perché nulla poteva venire, se non le voci, quelle voci consegnate a un'eternità di silenzio, simili tanto all'evento mai avvenuto, come se non fossero state di qualcuno, come se quel qualcuno fosse stato nessuno, un puro esattissimo nulla dentro la polvere di polvere d'archivio. Ma come potevano non esserci stati, mi dicevo, se questi muri avevano costruito e poi abitato?

Solo in questo modo sono riuscita a non cadere nella trappola della vittimona che soccombe all'abbandono. Ogni povera cosa a un certo punto ha cominciato a parlarmi, a fare clamore dentro il gioco della memoria, perché non è mai bastata a nessuno la sola volontà.

Così, risuscito a uno a uno i gesti e i volti, e mi compiaccio ogni volta nel ritrovarli tanto carini e educati. Occorre tempo e una specie di distacco per decidere quali risuscitare e quali no. Certo quelli che mi son venuti in sogno, quelli sì. Per gli altri si vedrà. E non vale se si sono nascosti dietro una porta o nei cretti di un muro maestro, con quei piccoli furbi gridi «C'ero e non mi hai visto». Onestà, cari morti, onestà, o perlomeno un po' di riguardo per noi solo abbastanza morti.

## PARTE SECONDA

# L'attesa

Forse un mattino andando in un'aria di vetro,
arida, rivolgendomi, vedrò compirsi il miracolo:
il nulla alle mie spalle, il vuoto dietro
di me, con un terrore di ubriaco.

Poi come s'uno schermo, s'accamperanno di gitto
alberi case colli per l'inganno consueto.
Ma sarà troppo tardi; ed io me n'andrò zitto
tra gli uomini che non si voltano, col mio segreto.

Eugenio Montale, *Forse un mattino andando in un'aria di vetro*

# Estella

Ricordo bene il lento strisciare degli anni ad Alento, la loro morbosa tranquillità. Gli uomini si avvicendavano senza gesti, senza gridi. Piccioni azzoppati, costretti a reggersi su una sola, reumatica zampa; piccioni con ali mai usate, sopra i quali folle di fanti hanno tirato al bersaglio.

Uno dopo l'altro, così come li vedo io, i decenni si compongono in quadri uniti da una sommessa povertà, dalla condanna a una vita moribonda. L'isolamento geografico ha poi fatto il resto. Gli anni comunque sono passati come dovevano.

Fu in quell'anno memorabile per l'esodo che anche Marcello se ne andò. Un giorno che era già autunno e si vedeva, si capiva soprattutto dalla luce rappresa, quel giorno lui lasciò questa casa, la casa che invero era sua, ma che io ho abitato come fosse mia; lasciò me, così come mi trovavo – con la gonna più resistente che avevo, i capelli sciolti ma solo per il mio piacere; mi abbandonò proprio, anche se non eravamo mai stati insieme. Da quel momento non mi ha riservato che una visita, una volta all'anno, per la cena di novembre, e un occhio di rancore, una specie di sguardo prensile dal paese nuovo, nel tentativo ostinato di dimenticare.

Negli anni della convivenza ci erano mancate le

forze. Troppo giovani per darci risposte miracolose a domande che nemmeno sapevamo, ci facevamo freddo l'uno con l'altro. Ovviamente non ne parlavamo e forse, anzi è certo, i dubbi assillavano soprattutto me. Infatti lui ribolliva, come l'acqua delle pozze quando la terra sotto è calda. Io aspettavo. Cosa poi aspettassi, non è chiaro neanche adesso. A ogni modo, è servito a poco separarsi, sebbene io non abbia fatto nulla per stare con lui in seguito, anche soltanto un giorno. Lui sistemò la sua vita altrove, io in quell'altrove non volevo starci. Difatti non sono mai andata nella sua nuova casa, nemmeno quando Ada de Paolis morì, tre anni dopo il trasferimento; nemmeno quando la Peppa se ne andò, stanca del nuovo a cui non era riuscita ad abituarsi.

Mi è accaduto spesso di chiedermi in quale modo, un giorno, ci saremmo riuniti. La distanza che si era creata fra noi non aveva niente di fondato, visto che la sua nuova casa sorgeva a poche miglia da questa. Eppure quella distanza mi è sempre parsa incolmabile, al punto che non sono capace di fare più di una sosta sotto la sua finestra, le volte in cui vado al paese nuovo per le provviste. Non per un disagio, questo no. Solo che è rimasta incrollabile in me, e definitiva, la convinzione che nulla dovesse nascere fra di noi. Come se alla mia vita potessi dare un ordine ragionevole solo in assenza di qualcuno. Come se, pur sfinita d'attesa, dovessi ricreare di continuo questo mio guscio in disfazione, questo piccolo mondo autistico dove rinasco e muoio ogni volta. Mi sono persuasa di aver protetto Marcello, tenendolo lontano dal mio cuore pericoloso, ma in realtà ho protetto me, la mia quiete così finta. Intanto ho creduto di aver un tempo illimitato, e che prima o poi avrei rimediato, che ci saremmo rivisti domani dandoci forse altri nomi, e che dovevo lasciare tutto com'era.

Ora che ho la vita governata dai ricordi, ora che la casa è in disfacimento, in questo giorno tremendo in cui sarei finalmente pronta, so di esserlo anche per morire. Oh, venisse oggi una sua breve notizia. Oh, se venisse!

Invece non mi resta che il paese, la sua magica impostura. Qui scavo dentro le sere cercandovi il mattino nuovo. Nelle case che sono aperte, con le finestre accostate come se i vecchi abitanti dovessero tornare da un momento all'altro, entro in continuazione e le ragnatele mi si attaccano alla faccia. In questa desolazione, subito si fanno avanti i fotogrammi di una visione strana, evocabile. Vedo a un tratto tutti i parti e le morti che le hanno attraversate, tutte le età di chi vi ha abitato. Le madri con i figli in braccio, pesanti come sassi; le vecchie, strette nelle vesti del loro eterno lutto; i padri, con i corpi insidiati dal terrore, perché vivere fra le montagne non li ha preservati dalla miseria.

Cammino sulle mattonelle che si muovono e entro nelle cucine che hanno ancora le collane di peperoni appese al soffitto, cucine in cui si è appena mangiato, con i camini che mandano odore di fuliggine, anneriti dal fumo che nelle sere di venti imbrogliati tornava indietro, riempiendo le stanze. Una delle case ha il pavimento di un secondo piano sospeso nell'aria e solamente un ponteggio di edera lo sostiene come può. Più avanti c'è una casa quasi intatta, con le pareti screpolate che recano tracce di un rosa antico e vicino al camino c'è una cesta, ancora piena di legna. Le erbacce sono ovunque, negli antichi orti, su per i muri. La furia della natura si è riversata anche sulle vecchie botteghe, che sono mangiate dai rampicanti; la fucina del fabbro è murata da una falange di muschi che ne impedisce l'accesso. E guarda le cantine: sembrano sarcofagi con i pezzi di cemento staccatisi dalle pareti a far da canopi.

Nella polvere di queste rovine, in questa polvere che il tempo ha sparpagliato posso riconoscere volti oggetti capelli rimasti fra i sassi, lacci di scarpe confusi con le piccole nervature delle foglie, giunture schiantate e sedie e tavoli e abiti transitori, e una parola per volta, finché avrò vita, imbastirò la storia di questo paese. A cominciare da quella dei Forti.

Nel vicolo storto prima della salita che conduce al monte c'è la loro casa. Sul davanti la casa ha una pergola che si sporge sostenuta da qualche pilastrino grezzo. A suo tempo, costituiva un formidabile passaggio ombreggiato, pieno com'era di foglie di vite e acini di uva che pendevano da tutte le parti. Un bel giorno Cola Forti si sedette sotto questa pergola e non si mosse più, le gambe ferme, gli occhi lacrimosi come un cane che ha smesso di correre, persino in sogno. Ogni tanto passava a fargli visita Libera, la sua unica figlia; visite senza persuasione, sempre più brevi per la verità, fino a quando si risolse a non andarci proprio più.

La storia di questo padre e della sua vita sospesa nei cerchi dei pensieri libertari; la storia di questa figlia che portava con sé la propria costrizione; tutto un rimescolìo di volti e ricordi che sono rimasti nella mia mente, che vi sono appiccicati, rubano tempo al mio sonno, ma non me ne rammarico perché non ho a cuore che questo: rimanere in loro compagnia.

# Cola Forti

Fu una sera di settembre del 1935 che Libera Forti con il cuore in tumulto gridò che non era in condizione di sposarsi, e non si era mai sentita la sua voce così alta. Non che le mancasse qualcosa per la vita matrimoniale, ma le era insopportabile il disegno che sua madre aveva concepito per lei, un disegno nel quale finiva a intristire fra le braccia di Michelangelo il Guercio, uno zoticone con i peli che uscivano da naso e orecchie.

Tutti si stupirono, soprattutto Apollonia che non aveva certo messo al mondo una figlia perché si ribellasse in quel modo a decisioni irrevocabilmente prese. E si stupirono le vicine, le zie, persino l'ava ottuagenaria che una nipote zitella e bisbetica non se l'era augurata mai.

Solo Cola, dal fondo del suo buio, non si stupì né pensò di unire le sue grida a quelle della moglie. Anzi sembrò quasi sul punto di commuoversi quando riconobbe nell'impeto della figlia il fuoco che a lui era toccato di spegnere troppo presto.

Era sempre stato un idealista, un fanatico. Gli occhi gli si riempivano di lacrime quando parlava degli oppressi, degli emarginati, con tanto di pugni che si levavano al cielo. Grande cuore, nobile anche, ma Apollonia non sapeva che farsene, perciò non aveva mai perso occasione di ricordargli una cosa semplicissima: che gli ideali non avevano mai dato da mangiare a nessuno, e poi oppressi ed emarginati erano anche loro. Sicché una figlia sposata a un gran lavoratore – malgrado il peccatuccio di bifolcheria – era senza dubbio da preferirsi a una figlia zitella. Tanto più che Libera aveva passato la trentina e nessuno, prima del Guercio, ne aveva chiesto la mano. Che poi Guercio non era il cognome del pover'uomo ma solo l'apostrofo al quale la sua famiglia era stata inchiodata dal genio paesano, uno sciocco soprannome che risaliva per le generazioni; il cognome era Riccio, che già faceva un altro effetto.

A volerla dire tutta, Apollonia era ormai convinta che l'ignoranza rendesse le idee decisamente più chiare degli abbecedari, e poteva dirlo bene lei cui era toccato in sorte un fanatico di marito che soldi in casa non ne aveva mai portati, benché riuscisse a leggere e scrivere meglio di un letterato. In più, siccome in casa Forti al peggio non c'era mai limite, su Cola circolavano insistenti quelle voci di sovversione che di certo non aiutavano.

Perciò. Lo sapeva lei e lo sapeva anche lui che il lavoro in tipografia non era certo piovuto dal cielo e solo grazie alla mediazione del nipote, risoluto giovane fascista, il tipografo si era deciso a prendere Cola come lavorante.

Perché lo sapeva lei e lo sapeva anche lui che dopo le ultime elezioni, sebbene il paese avesse dato prova di carattere e forza dando la maggioranza al Fascio, tutti guardavano con sospetto proprio in casa loro per quei voti contrari sbucati dall'urna. Meglio, cento volte meglio se lo avessero mandato a schiarirsi le idee da qualche parte. Ma siccome in paese nemmeno il Fascio aveva il rigore che altrove non gli mancava, ecco che un fanfarone come lui se ne era rimasto tranquillo a casa.

Ora, se avesse avuto un minimo di buon senso avrebbe fatto in modo di tenerselo quel lavoro, ché non ve ne sarebbero stati altri, invece di mostrarsi anche stavolta per ciò che era: un bercione irrequieto e niente altro.

Cola, dal canto suo, non sembrava per niente calarsi nelle ambasce della moglie, perché non gli riusciva proprio di comprenderne il senso. Il lavoro in tipografia era, comunque lo si vedesse, un lavoro sotto un padrone che aveva il mezzo di vivere sfruttando il lavoro degli altri. La prospettiva di procurarsi il cibo lavorando per dei predatori, per giunta fascisti, non poteva piacergli. Se avesse potuto metterli in fila avrebbe visto comporsi all'istante una folla di baffi da cartolina, tutto un trionfo di teste vuote, aliti guasti e pance e nevrosi, e intorno a loro una plebe di questuanti pronti a trasformarsi in fidati esecutori. Non gli riusciva proprio di sentirsi grato per quel nuovo lavoro a meno che, rivoltando la prospettiva, non gli si consentisse di considerare la linotype, con tutte le matrici e gli elevatori, la rotativa, la carta e finanche l'inchiostro di sua proprietà, e perciò suo il prodotto del lavoro che andava a svolgere.

Queste idee potevano sembrare sciocchezze, e forse lo erano, ma avrebbero cessato di esserlo se milioni di uomini nel mondo se ne fossero impadroniti. Idee che avevano per base l'eguaglianza di condizioni; per faro la solidarietà; per metodo la libertà. Idee che propugnavano l'abolizione radicale della dominazione dell'uomo sull'uomo. Chi poteva non desiderarlo?

Cola aveva tentato di farne partecipe la moglie, ma ne aveva tratto solo dozzine di sbuffi e occhi all'aria. Ciò che sua moglie ignorava era che lui viveva nell'avvenire, il presente non lo riguardava, e d'altra parte era proprio per questo che non aveva concluso granché nella sua esistenza, per non sentirsi addosso il peso della conservazione di cose per le quali non nutriva il minimo interesse.

Aveva tentato di spiegarle che, dinanzi all'avvenire, le sue miserabili ambasce sarebbero svanite, ma Apollonia gli aveva sempre risposto con una risata enorme. Sicché aveva presto rinunciato a dirle il resto, perché in quella testa vacante non c'era che il crepuscolo, l'attimo prima della notte nera, un vero e proprio simulacro di morte.

«Vuoi dunque che lavori in tipografia come un servo?» le chiese una sera, quando Apollonia proprio non se lo aspettava.

«Che domande? Tu non vuoi forse mangiare ogni giorno?» gli rispose, accarezzandosi l'abito di trine color malva che da tempo aveva perso le trine e anche il color malva.

Cola esitò un momento, prima di rispondere: si vedeva che la moglie parlava con voce che ne metteva insieme altre mille, tutte d'altri. La sua stessa adesione al fascismo, il suo dire sì non solo con la testa ma anche con lo spirito – perché, lei ne era convinta, la bonifica della terra avrebbe giovato molto alle loro magre economie – era solo l'ennesima prova di una mente orbata, straordinariamente condizionabile. Ne provò compassione.

«Se ci tieni tanto lo farò, ma alle mie condizioni» replicò lui.

«Non parlarmi di condizioni, non voglio saperne nulla» gli disse in tono che non ammetteva repliche. Poi, prima di lasciarlo nel biasimo che meritava, lo guardò con occhi pieni di commiserazione. «Io vorrei tanto sapere cos'è che ti fa ammattire a questo modo» disse e, traendo un sospiro profondo, si affrettò a uscire dalla stanza, perché non aveva la minima intenzione di rendersi complice di un altro suo delirio.

Il guaio era che Cola aveva già deciso. E siccome al momento poteva esser certo solo di questo, che sulla pietra che rotola non si forma mai il muschio, aveva tutta l'intenzione di darsi da fare perché rotolasse bene.

Provava una gran pena per tutti quegli apatici che vivevano nelle tenebre della rassegnazione. La sera, all'osteria, li passava in rassegna uno per uno, mentre affogavano nel vino l'odio contro lo Stato e la Chiesa – colpevoli entrambi delle loro pance vuote; tutti però trascorrevano lenti e inesorabili come i loro giorni inaccaduti. Qualche volta si sorprendeva a guardarli in tralice, ma quelli comunque non battevano ciglio. Erano come dissolti, spariti dalla terra il giorno stesso in cui erano nati. Ciononostante si perpetuavano nei figli, ripetendosi in eterno. In che razza di uomini era caduto? Tornando a casa gli capitava spesso di fermarsi a fissare la strada che sembrava vuota, ma era invece piena di morti che ciechi agitavano le braccia, sfilando uno dopo l'altro con la stessa disperante lentezza di chi non è mai stato vivo. La grande innocenza della sua terra era una storia da far ridere i polli. No, non provava alcuna compassione per gli apatici.

L'indomani mattina, con il suo cappelluccio di paglia calcato sulla testa, si presentò in tipografia, e non aveva alcuna intenzione di riordinare i fogli di giornale sul banco, come gli era stato chiesto. Perché la pietra rotolasse occorrevano clivi. Cosa poi fosse questa pietra, Cola non sapeva dirlo. Sapeva che non andava confusa con una biglia o con un bottone caduto da una giacca, anzi i bottoni era meglio strapparli via, per distinguersi dai conformati. La pietra era un prodigio, questo sapeva, che poteva finire nel posto più lontano che si potesse immaginare, addirittura fino in mare, e tanto bastava.

Pensò che per prima cosa avrebbe potuto servirsi degli articoli che giungevano dalla *Gazzetta*, sui quali apportare impercettibili modifiche, innocue bonifiche, prima di mandarli in stampa.

La prima occasione gli si presentò due settimane dopo, quando giunse il pezzo che annunciava la nomina e l'insediarsi del nuovo pretore. Lo sottopose a un'attenta analisi e, come distillato con l'alambicco, il testo che uscì l'indomani era in tutto corrispondente all'originale, salvo per una minuscola aggiunta finale.

È stato destinato a reggere questa Pretura il dottor Geco Paolo Antonio, proveniente da Cosenza sul Trigno.
È giovane e valoroso funzionario, e già ha riscosso le generali simpatie.
È fascista di pura e vera fede.
Gli porgiamo il benvenuto e l'augurio di buon lavoro.
Simile augurio rivolgiamo al Cancelliere sig. Fenuca Giasone, anch'egli giovane ed apprezzato funzionario. Inappuntabile nel disimpegno delle sue funzioni, gentile nei modi, è circondato di viva simpatia.
La Pretura, con la sua presenza, e sotto la direzione del nuovo Pretore sig. Geco, ha riacquistato quella speditezza

che la riporta al grado di importanza che ha sempre avuto.

Ed ancora un saluto all'ottimo Maresciallo sig. Improta Lillino, il quale nel breve tempo in cui comanda questa Stazione dei RR. CC. ha saputo circondarsi di quella stima che lo rende funzionario integro ed apprezzato. A tutti loro i nostri più sentiti auguri, fiduciosi di vederli al più presto in caelis come essi meritano.

Per la verità qualcuno storse il naso per quel finale che portava con sé un sospetto di malaugurio, ma Cola spiegò che si trattava di un'eleganza latina, da leggersi come l'augurio a raggiungere vette altissime, prossime al cielo.

Nei giorni successivi tutti lessero che il dott. Romildo Lesi aveva acquistato una elegantissima macchina O. M., la prima che si vedeva *spernacchiare* in quelle contrade, e che l'avv. Alberico Florio, valoroso capomanipolo di Alento, da Valva passava a Castelnuovo di Conza in qualità di podestà e, benché tutti fossero contenti di quel suo nuovo incarico, le *Vulve* lo rimpiangevano di già.

Le rimostranze contro Cola cominciarono a cadergli addosso, quasi in grembo. Che qualcuno lo giudicasse male gli sembrava cosa degna di vanto. Qualsiasi disappunto nei suoi confronti scivolava sulla sua calma: lui viveva nell'avvenire, il presente non lo riguardava.

Con lo stesso venturoso sentimento di trionfo diede la notizia del ritorno del conte Augusto de Marinis il quale, dopo un anno di permanenza a Roma – dove aveva acquistato un sontuoso appartamento in un villino nei pressi di Villa Torlonia –, tornava in paese per una breve vacanza a bordo della sua nuova automobile con la simpatica signorina Gemma, sua secondogenita, e con una cameriera. La gentile signora Giulia e il grazioso Filiberto, in compagnia dell'altra cameriera, lo avevano preceduto in treno. *All'esimio dottore e alla distinta famiglia* si rivolgevano *i migliori auguri di buona permanenza e di successiva ottima dipartita.*

Mentre le frecce dell'orologio giravano con inesorabile lentezza, la pietra aveva cominciato a rotolare nella giusta direzione, e quanto più rotolava tanto più Cola sentiva che il vento dell'avvenire gli avrebbe presto lambito il viso. Né la moglie, sulla strada della malafede, riusciva a fiaccargli l'entusiasmo con quel suo dire che senza muschio prima o poi la pietra sarebbe rotolata fino al fiume, per affogarvi.

Che poteva saperne lei dal basso del suo crepuscolo? Non era che una malviva, anche lei, protesa a vivere senza sapere come, esattamente al modo dei topi che si contentano di rodere le ceppaie, quando non sono lì a rintanarsi nei buchi.

Ritto sopra la spuma ramosa dell'avvenire, Cola aveva occhi che sapevano dilatarsi e guardare lontano. Gli ingenui dicevano che era un illuso, in perpetua attesa di niente. Egli rispondeva con una scrollata di spalle a quelle esistenze non realizzate, involte in un agire per non agire.

La pietra aveva cominciato a rotolare, sicché poteva anche cedere all'impulso di spingersi oltre. L'occasione gli si presentò quando ci fu da stampare la notizia di una riuscitissima serata d'arte a beneficio dell'Opera Nazionale Balilla.

Ieri sera dinanzi a un pubblico eletto, nel teatro comunale adibito a sede del Comitato Balilla, presieduto dallo instancabile Presidente Capitano Oscar Contenuto, è stato dato uno spettacolo magnifico, con la rappresentazione della "Fiammata" di D'Annunzio.

Gli esecutori, impeccabili nella forma e nella dicitura, riscossero calorosi infiniti applausi anche a scena aperta.

Lo studente Vigori Antonio di Ferdinando recitò la parte del Colonnello Felt con un calore davvero da grande attore. Né meno suggestiva fu la signorina Iovine Laura nella parte di Monica, tenendo la scena come mai si è visto in uno spettacolo di dilettanti.

Ella si rivelò in tutta la sua intelligenza e recitò con una disinvoltura davvero magnifica.

Benissimo gli altri.

Tutti insomma meritarono le più vive congratulazioni degli spettatori, i quali alla fine tributarono ai dilettanti *un'ovulazione* imponente.

Lo spettacolo è stato dato a beneficio del comitato comunale dell'O.N.B. e ha fruttato parecchie lire.

Ai simpatici dilettanti vennero poi offerte paste, liquori e fiori, apprezzati per foggia e profumo anche dai bambini a cui non è stato consentito l'ingresso e che sono rimasti fuori a guardare dai vetri.

Ciò che accadde dopo fu un trasecolare collettivo, un coro di proteste, la dannazione per lui. I signori gridarono forte e il tipografo sentì che la sua ora era scoccata; subito però annunciò che Cola Forti avrebbe lasciato il lavoro con effetto immediato e le grida cessarono.

Come al fragore di una fucileria che lo traesse bruscamente dal sonno, Cola dovette rendersi conto che la pietra
era sì rotolata, ma non nella direzione voluta.

Lo capì più chiaramente quando anche l'anarchico
Massenzio, persino lui, gli disse che l'ostinato tentativo
di raddrizzare rami contorti era inutile, come inutile era
lo sforzo di illimpidire le tante pozzanghere del paese. E
più ancora, Cola sentì una fitta fin troppo familiare allo
stomaco quando l'amico gli parlò sì dell'avvenire, ma come
un sogno, una cosa immaginaria. Ora, in quella temperie,
conveniva mettersi in grembo a un buon riparo, per non
correre rischi inutili, rischi solo dannosi.

«Prepari un panetto con cura» gli disse Massenzio «e
poi il forno te lo brucia con una fiammata. Cosa ne ottie-
ni? Croste nere. Non avrai che croste di pane cattivo, che
nessuno potrà mangiare, nemmeno tu.»

Cola dovette sentirsi come uno di quei cani spersi che
di notte vedeva passare cinque o sei volte sulla strada, ogni
volta più veloci.

Certo che sarebbero insorte difficoltà, avrebbe voluto
dirgli. Si sarebbero commessi errori, come no. Ma cercare ora un buon riparo era, di fatto, scendere a un primo
compromesso, poi a un secondo, poi a un terzo. Alla fine
sarebbero rimasti in piedi, ma su cosa?

I due stettero a guardarsi. Dopodiché si dissero un secco addio e nient'altro, perché non avevano più niente da
dirsi, neppure in nome delle vecchie idee di un passato che
poteva anche non esserci stato.

Cola ebbe voglia di incamminarsi verso il mare che, in
panorama, pareva vicinissimo. Gli parve di aver trovato
in quel momento un punto verso il quale dirigersi. Non

considerò che era a una distanza immane e cominciò a camminare come appresso a un miraggio. Tutto ciò che doveva fare era non voltarsi, ma gli veniva facile perché il pensiero dell'avvenire lo sosteneva nel cammino: i carri, gli uomini che andavano a finire la giornata, il bestiame che ruminava ai cigli della strada, ogni cosa spariva di colpo così come appariva.

Egli pensava al gran ribollire delle onde, alle spiagge di sabbia finissima pronte a carezzargli i piedi, in cammino verso l'avvenire. A questo rivolgeva la mente mentre scendeva a valle a passo svelto, perché il mare era il mutamento, l'apertura, era la via dell'avvenire.

Non appena fu a valle, coperto di sudore e con le ginocchia infiammate, si guardò intorno e cominciò ad agitarsi. Nel punto più lontano a cui il suo sguardo poteva arrivare non si vedevano che pezzi di campi ora verdi ora gialli. Si fece ancora avanti ma si paralizzò davanti a un parapetto dal quale il mare sembrava sparito, perduto di colpo in un ammasso di terra sassi e anche peggio.

Stirando il suo corpo fino quasi alla cima di un albero gli sembrò di vedere ancora un fondo d'acqua in lontananza, nel quale il sole si stava spegnendo. Guardò meglio e laggiù non c'era che la misera striscia di un canale nel quale una vecchia lavava lenzuoli.

Non c'era nessun mare. Sentì una specie di terrore. Cadevano già le ombre e Cola aveva davanti a sé il nulla, un'aria di vetro, e alle spalle come accampati a getto colli, montagne, grotte per l'inganno consueto.

Fu allora che si rese conto che la posta era perduta per sempre.

Restò immobile fino a sera, accovacciato a terra

al modo dei cani che non hanno padrone. Solo quando l'oscurità fu totale si scosse. Poi si alzò. Poi riprese la strada verso Alento. Poi sentì di avere freddo.

La feroce fede nell'avvenire era stata il fondamento delle sue speranze, della sua determinazione a vivere. Ora solo una sensazione gli rimaneva nitida ed era il dolore che gli si attorcigliava intorno come una frustata.

Attraversò in fretta gli orti che gli si paravano davanti, senza prestare attenzione a non calpestare la terra coltivata: vile, vilissima anche da seminata. Prese poi la strada che metteva nel bosco e, né più né meno di un cane che si orienta con il fiuto, si ritrovò a casa, in tempo per la cena.

Non aveva voglia di parlare, perciò tenne per sé la sua sofferenza, che con un poco di impegno avrebbe trasformato in qualcos'altro. Di tanto in tanto, certo, avrebbe avuto ancora dei soprassalti d'impazienza, ma da questi non avrebbe tratto deduzioni: l'importante era stare in guardia, un momento prima che si presentassero.

A tavola si limitò ad annunciare che da quel momento non sarebbe più uscito di casa, e chiese che gli sistemassero una sedia a dondolo sotto la pergola, perché lì sopra avrebbe trascorso i suoi giorni a venire, in un'immobilità silenziosa che i pensieri non avrebbero insidiato. Il suo unico compagno sarebbe stato un fiascone d'acquavite. Per il resto non avrebbe sentito né il caldo né il freddo, anzi lui proprio non sarebbe stato più né caldo né freddo.

Così quando Apollonia, qualche mese più tardi, impose alla figlia il matrimonio con quel gran lavoratore del Guercio, dopo un primo iniziale smarrimento Cola non si mosse, non disse una parola. Non si mosse neppure quando Libera gli si gettò ai piedi supplicandolo di tenerla con sé.

«Come puoi acconsentire a una cosa simile?» chiese lei tutta in lacrime, mentre poggiava una guancia sulle ginocchia del padre.

«Diffida, figlia, diffida» rispose Cola come in un sussurro.

«Di cosa devo diffidare?»

«Dei mucchi di pietrisco che con le prime piogge di settembre cominciano a ruzzolare dal monte. Le pietre senza muschio – chiedilo a tua madre – finiscono al fiume e affogano.»

Sbalordita, Libera lo scosse dalle braccia, come a volerlo riportare in vita da quella morte apparente: la libertà di cui le aveva riempito la testa, e l'avvenire, e tutto quel discorrere di oppressi e emarginati… non era forse un'oppressa anche lei? Fu in quel momento che Cola sembrò quasi sul punto di commuoversi, riconoscendo nella figlia certi impeti che gli erano familiari. Poi con un gesto secco della mano la scacciò via scambiandola per una mosca. Poi riprese a dondolarsi. Poi più niente.

# Libera Forti

La conclusione cui arrivò Libera Forti – qualche tempo dopo la celebrazione delle nozze con il Guercio – fu che non vi era altro rimedio all'infuori dell'attesa.

Aveva cercato in ogni modo di scongiurare il matrimonio, aveva minacciato pure di togliersi dai piedi facendosi monaca, ma Apollonia non aveva voluto sentire ragioni, né suo padre aveva detto una parola.

Il matrimonio fu celebrato in dicembre, un mattino in cui il vento gonfiava più del solito le creste verde cupo dei pini. Si sposarono nell'oscurità della chiesa stemperata solo da tre ceri, mentre fuori il mezzogiorno rapidamente mutava in notte. C'erano i parenti più stretti, una dozzina, e nessuna musica. Alla celebrazione seguì un pasto frugale nella locanda del paese e fu tutto.

Libera indossava un abito grigio di mezza lunghezza, mentre il Guercio un vestito nero secondo la moda del tempo. L'unico vezzo della sposa fu un vellutino al polso con l'incastro di un rametto di erica che aveva spighe rosa scuro bellissime.

L'anello nuziale doveva essere la fede d'oro di Apollonia, una specie di passaggio di consegne, un rito della maternità che realizza così il suo ultimo, più compiuto gesto. Invece fu un cerchietto di ferraglia che portava marchiata la scritta *Oro per la Patria*.

Era accaduto che proprio in quei giorni Apollonia avesse offerto la sua fede nuziale per la campagna contro l'assedio economico all'Italia entrata in Etiopia. Sacrificio che avrebbe potuto benissimo risparmiarsi, con una figlia da sposare e le economie domestiche non proprio floride, ma dopo le vicende in cui si era trovato coinvolto il marito – e solo per il suo becero fanatismo – Apollonia si era persuasa che il minimo che potesse fare era mostrarsi attenta alle necessità della Patria. Tanto più che la ricevuta della donazione era bella grande e si notava appesa alla parete del soggiorno, con l'intestazione del Fascio di combattimento in cima.

Così, quella mattina, la mano di Libera scurì con un anello di ferraglia che pesava del sacrificio di sua madre, non del suo; se lo infilò lei stessa perché il Guercio, al momento di cingerle il dito, stava asciugandosi la fronte e non le badò proprio.

A sera, quando anche l'ultimo parente se ne fu andato, Libera ebbe subito chiaro che quell'uomo aveva preso moglie per soddisfarsi e niente altro. Infatti, dopo essersi svuotato davanti a lei del piscio trattenuto durante il giorno, l'uomo ripose il pitale sotto il letto e, senza dire una parola, le fu sopra prima ancora che lei potesse accorgersene, limitandosi a indicarle con gli occhi la sbarra del letto a cui poteva aggrapparsi. Libera avvertì una specie di nausea, ma tenendosi alla sbarra con entrambe le mani si sentì percorrere dal freddo del ferro, e fu come un tocco fraterno, benigno anche. Quando poi il Guercio, quasi in preda a una vampata di collera, la rigirò come un sacco e le fu di nuovo sopra nel modo delle fiere, Libera finì per rompersi un dente urtando contro la sbarra, segno che in quella casa niente, nemmeno una sbarra, poteva essere dalla sua parte.

Quando il Guercio concluse si ritrasse nella sua parte di letto e in cinque minuti si addormentò, accompagnando il sonno con nessuna parola per la moglie. Libera si chiese se non fosse per caso morto, dopo la fatica di metterla sotto, ma il rumore dei gusci di pannocchia nel materasso segnalò che non era per niente morto. Decise di alzarsi, così per scaricare i nervi, sfregandosi le mani che erano gelate, e i ginocchi e i piedi, di marmo proprio. Assecondò l'impulso di guardarsi allo specchio, solo per capire se non fosse lei, a quel punto, per caso morta. Si guardò e no, non era morta, perché si muoveva e stava in piedi mentre i morti stanno distesi. Non era nemmeno viva, perché la sua faccia era solo una supposizione nel buio, ridotta com'era a un'ombra. Malgrado ciò, sentiva salire dai piedi il freddo del pavimento, perciò non era morta ma comunque non era neppure viva. Dal pavimento sentì provenire anche qualcos'altro. Guardò in basso. Le sembrò che una specie di pietrisco le si fosse conficcato sotto la pianta del piede destro. Si mise a sedere e sollevò il piede. Con grande stupore si accorse che proprio il dente che aveva perso poco prima le si era infilato nella carne. Lo estrasse, si pulì il piede con l'orlo della camicia da notte e andò in bagno. Nel mobiletto di fianco al lavandino c'erano delle boccette di vetro; ne prese una, la riempì di spirito e ci mise dentro il dente. Quindi, dopo averla richiusa, la ripose nel mobiletto, decisa a tenerla per sempre lì dentro.

Dal momento che si trovava in bagno pensò di lavarsi

con l'aceto, per togliersi l'odoraccio che sentiva di avere addosso, e poi quel bruciore fra le gambe, come una ferita.

Le sue vesti, il bacile, il suo mestruo, il letto nella casa di prima, avrebbe voluto conservare intatto tutto questo, non era nata per sposarsi, per dividere il letto con qualcuno, a quel modo poi.

Il passaggio di età. Qualcosa sapeva, qualcosa sua madre le aveva detto, piccole cose, non del tutto chiare comunque. Il tradimento più grave le era venuto dal padre che l'aveva mandata a scuola, al ginnasio proprio, ma per farci cosa? E poi questa storia del mare, sempre il mare. Cola una volta l'aveva portata fino alla spiaggia, e lei lo aveva visto lambire la terra, questo mare per il quale passano tutti, il mare e il rumore delle acque, il mare e il suo ribollire.

Quante parole ormai inservibili le ronzavano ancora intorno: la partenza, il solco dell'avvenire, il gran sollievo del sorgere del sole, il prima o poi carico di attese: quel poi che non era venuto più. «Non sposarti, figliola, esplora, vai altrove, non fermarti a un uomo di paese, fissato, monocorde, con l'aspetto dei cani vecchi» così le diceva lui. Menzogne. Due domande avrebbe voluto rivolgere all'uomo che peggio degli altri l'aveva tradita. Due sole semplici maledette cose voleva sapere. Primo (e sollevò il pollice in aria mulinandolo leggermente, come se avesse avuto il padre davanti): se doveva finire così, perché aveva voluto chiamarla Libera? Secondo (e riportò il pollice al suo posto, agitando ora in aria l'indice e il medio): perché le aveva parlato dell'avvenire, tutto senza lacci e illuminato, se il suo finiva stasera

95

sopra un letto di pannocchie? Rimase un momento in attesa, come se dal vuoto nella stanza potessero veramente staccarsi le risposte che aspettava, con le parole che conosceva, quelle in cui tante volte si era sentita a casa, tante volte custodita. Le pensò, le ripensò, e niente, erano morte tutte, una dietro l'altra, cadendo di colpo come fanno gli uccelli quando muoiono.

Ora c'erano altre parole da imparare, che facevano un suono di risacca, tipico dell'onda che, urtando contro un ostacolo, viene fermata e respinta. C'erano nuovi muri, invalicabili proprio, e i gridi notturni delle civette. Ecco cosa le rimaneva di tutto il prima che moriva in questa notte: un grido convulso di morte, insieme a una sbarra di letto appena acquisita e a uno scroscio di pannocchie.

La lampada ardeva voracemente nella stanza, con il suo tiraggio enorme che sembrava risucchiare anche l'ultima molecola d'aria. Ma di questo Libera non poteva occuparsi ora. Nel bel mezzo della sua notte, sentiva il peso di ogni ora trascorsa, un peso di legni vecchi sulle spalle. Finì per addormentarsi là dove si trovava, accovacciata in un angolo della stanza.

L'indomani, di buon'ora, la svegliò una striscia di luce che era sfuggita al serraglio dei muri e la toccava in fronte. Si sollevò dal pavimento con un proposito: sarebbe andata da Apollonia che, malgrado la crudeltà di certe sue decisioni, era pur sempre sua madre. C'era fra loro una corrispondenza in qualche modo più stretta del loro affetto, se persino nei suoi ricordi più infantili l'ombra materna si ripercuoteva su di lei come una nube su una pozzanghera. Quindi si preparò, come se da quell'uscita dovesse venire chi sa cosa; indossò la mantella di flanella, il cappello, pure i guanti, e si avviò verso casa, perché quella paterna era la sua casa, non lo stambugio del Guercio che puzzava di piscio e frasche di granturco. Ciò che la sera precedente le era parso nemmeno pensabile, ora appariva come una possibilità. Sua madre si sarebbe dispiaciuta, un matrimonio che finisce è pur sempre una tristezza, ma poi avrebbe capito e l'avrebbe riaccolta in casa sottraendola, da donna, alle umiliazioni delle dieci di sera. «Sì, sì!» si disse allegramente con un sorriso che le scoprì i denti «la mamma capirà» e strinse un po' gli occhi mentre sorrideva.

Appena fu sulla soglia di casa aspettò un istante, incerta se bussare o meno, ma poi entrò direttamente perché non aveva mai bussato a casa sua.

Apollonia era in cucina e spingeva i pugni su un impasto di farina e acqua; di là, sotto la pergola, Cola cominciava il suo giorno, sfumato nel residuo di nebbia che lo circondava.

«Devo parlarti» disse alla madre, non appena le fu davanti.

«Come mai sei qui?» chiese lei, senza alzare gli occhi e continuando a premere i pugni sull'impasto con una ferocia che le prendeva tutte le forze.

«Io non resisto, non voglio stare con quel bifolco che fa le cose come una bestia.»

«Ma senti la cretina. Che vai dicendo?»

«Non voglio più dormirci insieme. Guardami: stanotte ho perso anche un dente.»

«Cose che capitano.»

«Cose che capitano?» ripeté Libera.

«Un dente in meno, che vuoi che sia. Sempre meglio

97

che andare a bagnare i campi di notte, tanti pezzi, tante notti, come ho dovuto fare io per sfamarti, mentre tuo padre parlava a vanvera.»

«Come puoi permettere che un uomo mi tratti in questo modo?» sbottò la ragazza, faticando a credere che le parole che aveva appena sentito venissero da chi l'aveva messa al mondo.

«Queste sono fantasie che nascono nella tua testa. Le umiliazioni sono ben altro. Non avere cibo da mettere in tavola perché tuo marito non lo procura, mentre nelle altre case si butta, questa è un'umiliazione.»

«Ma cosa c'entra coi fatti di letto?»

«Uh, mi stai seccando. Gli uomini sono fatti così, tu non sei né la prima né l'ultima a cui tocca...»

«Mio padre non ti ha mai trattato in quel modo.»

«Se è per questo tuo padre non ha mai neanche assicurato il pane alla sua famiglia. Lo sai che faceva mentre io razzolavo i campi? Parlava. Parlava degli oppressi del mondo.»

«Mio padre è sempre stato un sognatore, uno con cui si poteva parlare per ore. Il Guercio non mi ha detto una parola finora. Non farmi tornare da lui, ti prego.»

«Tuo marito è un gran lavoratore e ha terre al sole.»

«Che vuoi che m'importi delle terre al sole. Meglio morir di fame, se questo è il prezzo.»

«Tu non sai cos'è la fame, perciò parli così mentre faresti bene a stare zitta. Tuo marito è un buon uomo. Vedrai che non ti farà mancare niente se non gli darai dispiaceri. Ora torna a casa tua, che ho da fare.»

Più di così Libera non poteva sentire. Non aveva trovato una sponda in sua madre, né l'avrebbe trovata in suo padre che, al limite, l'avrebbe ascoltata alla sua maniera silenziosa e passiva, e perciò tanto più irritante. Fuori dalla casa che poco prima aveva tanto orgogliosamente proclamato la sua casa, il gelo frustava le facce. C'era poco da fare, non le restava che andarsene, ma dove? Si chiese perché non fosse un uccello, che a quel punto si sarebbe potuto alzare sopra le teste, sopra i palpiti della perfidia altrui. Ma non lo era, sicché imboccò la strada e se ne tornò da dove era venuta.

Cominciava così la sua vita da sposa. Da allora in poi avrebbe preparato i pasti per il Guercio, lavato i vestiti del Guercio, governato e contentato il Guercio, specialmente la notte. Era un gran lavoratore. Aveva una grossa campagna, dieci vacche da latte e diverse pecore. Non era povero, e di certo non avrebbero sofferto la fame, anche se lui per primo aveva più grinze che carne. Ma che prezzo aveva quella mancata miseria?

Doveva aspettare che l'inverno passasse, perché d'inverno l'uomo sta addosso alla donna; in primavera venivano i lavori nei campi, c'era il fieno, c'era tanto lavoro, e insomma avrebbe ripreso fiato.

La sera, inginocchiata e in camicia da notte, pregava in silenzio. Non pregava in realtà, muoveva solo le labbra come se da quelle uscissero preghiere, sperando che il marito lo notasse e se ne intimorisse. Il che, puntualmente, non avveniva. Sera dopo sera era come superare una grande prova e, superata quella, ve ne sarebbero state altre, tutti i giorni, per tutti i giorni a venire. Si sarebbe abituata, questo era certo, e in qualche strano modo la forza del suo animo avrebbe avuto la meglio sul Guercio, sulla sua forza fisica. Il marito di Dora Pagani, per esempio, aveva finito i suoi giorni proprio mentre stava sulla moglie, una sera che il cuore non gli aveva retto. Prima o poi anche il Guercio avrebbe avuto un cedimento – non era così giovane e poi gli uomini di campagna si spezzano prima degli altri – e lei allora avrebbe approfittato di quel piccolo vantaggio per rimettere le cose a posto, e per prima cosa se ne sarebbe andata a dormire in un'altra stanza.

Decise che da quel momento non avrebbe fatto altro che aspettare, cercando di sondare a poco a poco la debolezza di lui. Nel frattempo si sarebbe abituata a lui come a una tosse perniciosa, come a una piaga nella carne. Di questa conclusione fu orgogliosa e, nonostante tutto, il proposito le infuse uno strano e intenso rispetto di sé. Questo comportava anche una certa cura di ciò che le stava intorno, a cominciare dalla casa in cui comunque viveva anche lei. Per prima cosa raschiò il nero dai paioli di rame appesi alle pareti, poi passò alla dispensa che ripulì dalle ragnatele, dai mosconi che giacevano lì chi sa da quanto tempo. Siccome il Guercio non tornava a casa mai prima delle cinque e mezza di sera, prese l'abitudine di andare a rovistare nella terra per raccogliere ortaglie e farsi una zuppa prima del suo ritorno. Sperava che, in questo modo, la sua assenza da tavola pesasse su di lui e lo impensierisse. Ma fra tutti i pensieri che il Guercio aveva quello proprio non c'era, dato che non si era messo una donna in casa per avere pensieri. Libera ci provò, poi si arrese e riprese ad aspettarlo per cenarci insieme, il che le permetteva soprattutto di scrutarlo, di osservarne i mutamenti del volto nella direzione voluta, di cogliere nel groviglio delle rughe il passo successivo verso la meta.

L'imperturbabilità e i silenzi del Guercio non erano fatti per piacerle. Quell'uomo restava immobile dov'era e guardava dritto nella scodella, calmo, due volte calmo, come se avesse tempo, tutto il tempo del mondo. E in effetti aveva tempo, faceva conto di averne tanto di tempo, così era lei ad uscire stanca e pallida dai suoi pensieri.

A due mesi esatti dalle nozze accadde una cosa inattesa, una cosa che lei non aveva previsto ma che non la disturbò, perché avrebbe potuto utilizzarla a suo vantaggio. Pensò che avrebbe dovuto dirla subito al Guercio, quella sera stessa, ma per farlo avrebbe dovuto parlargli. A pensarci, non si erano mai parlati. Quella sera gli avrebbe rivolto la parola, una parola, una sola volta; se lui avesse risposto, poi le parole sarebbero potute diventare due o tre e, nelle sere a seguire, si sarebbero forse scambiati qualche impressione sul raccolto, tanto per dire, per aprir bocca. E poi forse lui le avrebbe chiesto delle pentole del bucato o del cucito, e allora una parola tira l'altra e la parola è piena di richiami a cose perdute.

«Devo dirti una cosa, Michelangelo» gli disse a sera, quando si ritrovarono a tavola e sottecchi gli scrutò quel viso ostinato sul quale non si vedeva mai un sorriso.

Come colpito da un suono brusco che veniva di lontano, il Guercio si scosse un poco, dato che dal giorno delle nozze non aveva più sentito il suo nome pronunciato da Libera e, in effetti, nemmeno ricordava di chiamarsi Michelangelo; poi piegò la testa sul piatto.

«Devo dirti una cosa» ripeté lei, con un tono più alto.

«Parla, Liberatina» fece lui con voce schiarita, in modo da renderle il piacere del suono del suo nome.

«Oh, questa!» esclamò lei, stupefatta. «Uno: non mi chiamo Liberatina, ma Libera. Due: ho da darti una notizia che ci riguarda entrambi e gradirei un minimo di attenzione» gli disse, infastidita dall'improvvisa confidenza con cui il Guercio le si era rivolto, perché un conto erano i fatti di letto, un conto era quell'eccesso di familiarità che non gli era consentito, e comunque non al punto da guastarle il nome a cui lei teneva più di ogni cosa.

«Va bene, Libera» rispose il Guercio, ferito dalla violenza di quella rivendicazione sul nome. «Cosa hai da dirmi?»

«Sono incinta, Michelangelo…» disse lei tutto d'un fiato, come temendo di ritrovarsi seccate le parole in gola. «Hai capito che ho detto?»

Sul volto legnoso del Guercio scivolò una luce tiepida, come il pallido riflesso di una emozione. Colto il momento, Libera pensò di approfittarne.

«Ciò vuol dire che dormirò in un'altra stanza, ma se fossi così cortese da lasciare a me la tua stanza e sistemarti altrove te ne sarei grata.»

«Vai avanti» disse lui, riportando lo sguardo sulla scodella per nascondere un lieve rossore.

«Ho finito.»

«È tutto?» chiese, portandosi alla bocca il gran fazzoletto che in campagna si metteva fra collo e camicia per asciugare il sudore.

«È tutto.»

«Tanti auguri» disse e prese il bicchiere che era rimasto pieno sul tavolo.

«Il bambino crescerà secondo le mie regole e studierà, non voglio che tocchi la terra nemmeno con un piede.»

«Va bene.»

«E quando sarà sufficientemente grande dovrà andarsene da qui, dovrà prendere la via del mare, conoscere mondi nuovi, parlare altre lingue.»

«Se vorrà, sì.»

«E dimmi, mi lascerai la tua stanza?» domandò di nuovo lei, guardandolo storto.

A questa domanda il Guercio non rispose e quando Libera gliela ripeté aumentando la voce e battendo i pugni sul tavolo, lui si alzò e si avviò verso la camera da letto.

Cadde così tutta l'intima sicurezza di Libera, che rimase a farsi un conto della sua condizione, le gambe pesanti, gli occhi a terra. Più restava immobile, più le pareva di riflettere profondamente su quanto stava accadendo, ma in realtà non pensava a nulla che si discostasse da quell'unico proposito che di nuovo tornava a soccorrerla: doveva aspettare, solo aspettare che venisse qualche cosa e trarre dall'attesa l'aiuto necessario per cambiare la situazione. Avesse almeno preso qualche piacere, come faceva lui quando la metteva sotto.

Il fatto era che di colpo le cose erano cambiate. Un bel giorno si era svegliata in una vita sua e non sua, e con una puntualità rivoltante il giorno spuntava e moriva solo per ricordarglielo.

Sorse in piedi e raggiunse la finestra. Era quasi febbraio e il gelo versava nei campi, l'aria ne era tutta impregnata. Un uccello notturno, caduto da un albero, si rivoltò per terra, quindi frullò via senza gridi.

Libera socchiuse gli occhi, mentre le veniva in mente una sola cosa e se la disse: «Mi dovrà morire prima o poi». Quindi riprese fiato e spalancò gli occhi sul suo sconcerto. «Mi dovrà morire prima o poi» ripeté.

# Estella

Dovrebbe essere andata così, anche se non ho modo di averne conferma: un bel giorno Libera, quando il marito e il figlio le furono portati composti su due assi di legno, questo marito e questo figlio che con ostinazione aveva creduto di non amare e per convincersene si diceva parole gravi; un giorno che aveva sceso fino all'ultimo gli scalini della sua disperazione, con le pupille ormai offuscate e i capelli che erano fili di stoppa; quel giorno lei – che parlava così tanto con me, specialmente quando voltavano i venti, e faceva domande a cui non sapevo rispondere – non è più tornata e quelle sue domande non le fece più.

Ne attesi il ritorno per settimane, poi una notte sognai la Grotta dell'Angelo, quel portello affamato di decomposizione, e sognai una figura di donna come una pianta secca, una donna in esilio che girava in tondo. Si sarà fatta travolgere da quella botola, pensai al risveglio, senza accorgersene, oppure vi si sarà gettata, o avrà aspettato che un po' di vento la spingesse giù. Era magra, così tanto sottile che anche un soffio avrebbe potuto ucciderla.

Gli anni sono passati ma io penso spesso a lei. Ora che

potrei tentare una risposta alle sue domande – anche bugiarda, che importa? Ora che mi sarebbe assai riconoscente per lo sforzo, qui proprio qui, in questo paese accattone e vedovo di tutto, non c'è nessuna grazia per me e ancora resto appesa ai suoi muri. Guardo le case, adesso che sono tutte uguali, con nessun nome inciso sulle facciate: hanno il colore della terra solo un poco smossa; hanno le felci, le ortiche, i muschi da tutte le parti; hanno crepe che sono tutto sommato confortevoli. Forse un giorno cadranno, ma per il momento resistono.

Così, dovrò dirlo a Libera che se tornerà nella casa del vicolo storto o in quella del Guercio – la casa che le rovinava addosso, quella casa in cui il fumo del caminetto, nelle sere di borea o tramontana, la faceva lacrimare senza posa – li ritroverà pacificati, troverà suo padre e il marito e il figlio, cullato dalla notte, finalmente sollevati, perché non c'è più motivo per la sofferenza. L'abbandono ha livellato i destini, e ogni casa, ora ogni casa è un teatro, con le quinte in disfacimento, il palco che crepita sotto i passi, un teatro dove possono esibirsi anche quelli che una scena non l'hanno mai avuta. Ogni sera, ad un'ora imprecisata, possono ritrovarsi qui, con grande strepito di vesti, come fossero attori bruciati, mimi, comparse, tutti un tempo respinti, tutti perciò falliti. Sotto la luce in disfazione, sotto la luce scoppiata, in un momento si ricreerà uno spazio in cui lieviteranno le nuove attese, e anche chi è rimasto sempre indietro finalmente arriverà, tutto trafelato.

Se il paese avesse continuato a vivere si saprebbe che in una delle grotte sul monte c'è proprio questa botola che nasconde una moltitudine di ossa gelate: sono i resti degli appestati del 1656 che, a un certo punto, si allontanarono dal paese e si rifugiarono nella Grotta dell'Angelo. Qui, seduti sopra i margini del fosso scavato dall'umido, si disposero ad aspettare il momento: il peso del corpo morto li avrebbe tirati giù, dove c'erano gli altri. Accadde pure che una bambina non si ammalò, malgrado il contatto continuo con le lesioni degli altri, specialmente della madre. Troppo piccola per intendere la morte, immaginò che i corpi ammucchiati nel buco fossero uomini e donne addormentati. Sicché, quando anche la madre si lasciò andare nel fosso, la credette addormentata e cominciò ad aspettarne il risveglio.

In quella cavità molti sono andati a gettarsi. Ci sono andati apposta, perché in quel buco non ci si arriva per caso, bisogna andarci, fra le rocce che salgono di balza in balza; alle spalle ci sono i costoni delle valli e la lontana parete del Gelbison, il monte sacro; di fronte solo i dossi dell'Alburno. Quando si arriva al centro del pianoro, da dove comincia l'erta verso la grotta, il suolo è una massa di spuntoni, come se da quel punto in poi la vegetazione avesse smesso di riprodursi; lassù la luce è di un gelido colore che non assomiglia a nessun altro, non si muovono gli alberi, non si rincorrono le nuvole.

# Giacinto

Diversa era la destinazione di un'altra grotta, cara agli alentesi e detta della Frana, perché d'estate vi alloggiava la statua della Madonna chiamata allo stesso modo. La grotta scavata in uno scoscendimento dell'Alburno, non profonda ma abbastanza ampia, la prima domenica di maggio era meta di una processione propiziatoria per il grano che partiva dalla chiesa e si concludeva proprio davanti alla grotta – una processione che si ripeteva in autunno, ma stavolta per mantenere ferma la terra quando sarebbero venute le piogge.

Nella processione di maggio la statua veniva portata in spalla da grossi uomini, accompagnati dai devoti che percorrevano la strada fin sopra alla grotta per interrogare lassù la statua sull'acqua e sul grano, e fare in qualche modo pressione sulle sue decisioni.

In processione venivano portate anche le altre statue parrocchiali, perché era giusto così. L'incarico di formare i ranghi dei santi, mettendo d'accordo alla meglio i devoti, disposti anche alla zuffa per la successione delle statue, spettava a Giacinto il guardio, il quale non aveva mai voluto farsi chiamare guardia perché guardio tornava meglio alla sua figura d'uomo, a suo tempo cavalleggero a Pinerolo. E difatti, mal riadattandosi al duro dialetto locale, preferì conservare l'accento piemontese fintanto che gli restò il ricordo dell'intonazione.

Era dal sagrato che Giacinto segnava le formazioni agitando il frustino. L'abitudine alla lancia e allo scudiscio l'aveva trattenuta in quella di un frustino di bambù, ma nel segnare il passo ai portatori dei santi mostrava ora una cadenza liturgica. Chiamava le statue per nome: «Avanti, Maria! La Madonna è una donna e io la faccio passare per prima anche davanti al Padreterno» e con un inchino cavalleresco accompagnava il passaggio della statua.

Poi con un "o" acuto e nordico diceva: «Avanti, Giorgio» al quale riconosceva la precedenza, forse per l'erma di cavaliere armato di lancia e scudo.

«Avanti, Antonio» e con sorriso benevolo salutava il passaggio dell'umile santo con volto di fanciullo.

E infine: «Avanti, Vito! Forza, forza, forza» e il tono si faceva quasi paterno, come a confortare il santo di essere l'ultimo e il più dimesso.

Per il resto dell'anno Giacinto prestava la sua voce al paese come banditore, sebbene non fosse il banditore ufficiale, il che significava che non aveva una divisa né un salario, a differenza dello spazzino e del guardiano del cimitero. Tuttavia le autorità gli avevano promesso che, prima o poi, avrebbero deliberato per la sua nomina ufficiale perché era un buon lavoratore e meritava un berretto e una paga. Fino ad allora avrebbe dovuto contentarsi dei pochi spiccioli che potevano dargli. Giacinto si accontentò per parecchi anni durante i quali non mancò mai di bandire. E aspettò tanto che i suoi bandi passarono dal grido «Per ordine del signor podestà…» al grido «Il signor sindaco avverte…».

I bandi più importanti erano quelli istituzionali e Giacinto li dava per alcune sere consecutive, all'imbrunire, quando già la gente si era raccolta in casa. Poniamo che fosse tempo di andare a prendere visione del ruolo delle tasse al municipio: Giacinto ne dava l'avviso per tre sere di fila e sempre gli alentesi, a sentir gridare di tasse, si rabbuiavano e gli dicevano «Ti possa morir la voce in gola», come se avesse avuto colpa lui di quei prelievi.

Era compito suo rendere noto l'inizio dell'anno scolastico, come pure del periodo in cui si poteva condurre il bestiame nei terreni gravati dall'uso civico. Sua era la voce che annunciava i movimenti della frana e, con lo stesso tono, l'arrivo dei mercanti in paese con i quali si sperava di concludere buoni affari. Di tanto in tanto annunciava l'organizzazione di pellegrinaggi nei vicini santuari o presso il tempio del beato Gionni, eretto per volontà popolare.

Per trent'anni Giacinto si sfiatò ogni giorno, senza dotarsi di alcuna tromba o megafono o imbottavino che gli amplificasse la voce, mentre svoltava a piedi per le strade del paese, in affanno perché vedeva solamente le ombre. Prima di coricarsi si massaggiava la gola riarsa con un infuso di ruta dicendo fra sé: «Sarò una guardia. Sarò più che una guardia. Che dirà lo spazzino quando mi vedrà col berretto gallonato? E che dirà Peppino il beccamorto?».

Solo che il berretto non veniva mai.

«Non lo manda la fabbrica» gli diceva l'usciere del municipio «ma verrà, stanne certo.»

«E non si può fare niente per accelerare?» chiedeva lui ogni volta deluso. «Mi sto facendo vecchio e non sono ancora riuscito a vederlo.»

«Non si può fare niente: la fabbrica è a Napoli, c'è il mare in mezzo e ci vuole tempo prima che arrivi qua. Ma verrà.»

Fu così che a un certo punto pensò che soltanto una mano santa poteva accelerare la pratica. Avrebbe potuto cercare di mettersi entro il raggio di protezione di un politico, un democristiano per esempio, che i democristiani nel Mezzogiorno erano i più forti e non avrebbero avuto problemi a mediare con la fabbrica, anche se c'era il mare di mezzo. Ma, in cambio, lui che cosa avrebbe potuto offrire, povero solo al mondo e mezzo cieco com'era? Nemmeno il suo voto, giacché dal giugno del '46 aveva pubblicamente dichiarato che non avrebbe più votato per la grande delusione seguita al risultato elettorale. Il re, solamente il re avrebbe potuto curarsi dei poveracci come lui, ma i comunisti l'avevano fatto finire e che gliene era venuto? Pezze al culo avevano prima e pezze al culo si erano ritrovati dopo, solo che dopo era venuta meno anche la paterna figura del re.

Così, non gli restava che cercarla altrove, la mano santa, battendo una via altrettanto stupefacente che anche quelli come lui potevano tentare. Era la via della devozione, quel fuoco sacro simile al miele impastato con le noci che Giacinto assaggiava solo una volta all'anno, a Natale. La faccenda del berretto poteva sembrare agli occhi degli altri indegna di un ricorso al divino, ma ai suoi occhi che non vedevano più niente era la ragione stessa del suo restare in vita. Il divino, che aveva sugli altri un'autorità indiscussa e la esercitava in modo capriccioso, su di lui aveva un influsso misurato. D'altronde, che aveva da perdere? Con o senza il divino, lui faceva la sua vita, che non era molto più bella di quella di un topo stordito che chiunque poteva finire a suo piacere. Sicché avrebbe tentato la via della devozione per il berretto – e che gli altri lo mangiassero pure vivo! – ma se la preghiera fosse rimasta inascoltata non avrebbe tentato ancora, questo era certo, perché gli imbroglioni non gli piacevano, nemmeno se si chiamavano Dio.

Al riguardo, sapeva che negli ultimi tempi partivano da Alento gruppuscoli di devoti del beato Gionni che, assieme a migliaia di altri provenienti da fuori, riempivano una specie di santuario allestito in tutta fretta a Serconia. Giacinto ne era a conoscenza perché era lui stesso a dare l'annuncio dei viaggi di quel tipo.

Se poi il beato fosse davvero in odore di santità nessuno poteva dirlo con certezza: lo diceva la famiglia e tanto bastava. C'era al fondo la vicenda di Gionni, morto dopo essere stato travolto dal camion guidato dallo zio. Il padre del ragazzo, pazzo di rabbia, decise di vendicarsi del fratello che gli aveva ammazzato il figlio, ma il dramma familiare fu evitato da Nenè, sorella dei due, che d'un tratto si disse abitata dallo spirito del nipote. I rancori familiari immediatamente cessarono e da quel giorno l'anima di Gionni prese a entrare quotidianamente nel corpo della zia. Che cominciò a parlare ai curiosi che si accalcavano per vederla, e cominciò anche a scagliare anatemi, a formulare profezie, a promettere guarigioni in nome di Gionni, sicché ai curiosi si unirono i mutilati, i ciechi e i paralitici.

In poco tempo i medici si ritrovarono senza pazienti perché i sofferenti accorrevano a Serconia, specialmente da quando il vescovo aveva proibito l'ingresso in chiesa a Nenè e ai suoi fedeli. Per far fronte alla selva di gente che ogni giorno le chiedeva udienza, Nenè fu costretta a distribuire dei contrassegni numerati perché ognuno potesse accedere, ordinatamente, al suo cospetto. Ma siccome lo spazio non bastava, dovette ingrandire la casa. Cose grosse, insomma.

Quando Giacinto mise piede nel luogo santo subito comprò un santino, un portachiavi e un soprammobile con l'immagine del beato Gionni: riusciva a vedere soltanto i contorni di quegli oggetti ma gli avevano consigliato di presentarsi davanti alla sacerdotessa con i cimeli già acquistati, e così fece. Per prudenza acquistò anche un disco con le prediche di Nenè che avrebbe potuto ascoltare comodamente a casa col giradischi, se avesse avuto un giradischi.

Gli avevano detto che la Nenè, che aveva sì e no cinquant'anni, era una cosa da vedere: grossa e florida, di colpo chiudeva gli occhi e s'impallidiva e si rimpiccioliva pure. La folla le si stringeva subito intorno e aspettava che passasse la crisi, mentre lei si scuoteva da capo a piedi e si mordeva le dita; a un tratto ritornava in sé, ma diceva di non essere più lei, diceva di essere Gionni e cominciava a parlare e a rispondere alle invocazioni dei fedeli. Poi si ritirava in una specie di stambugio e riceveva chi aveva una grazia da domandarle, non più di cinquanta, sessanta casi al giorno. Non chiedeva denaro, ma tutti lasciavano un'offerta.

Giacinto fu ricevuto dopo un'attesa di circa tre ore. Nello stambugio c'era odore di chiuso e di aceto, forse anche di urina vecchia. Vedendolo farsi avanti arrancando e appoggiato a un bastone, Nenè lo anticipò: «Non ci vedete?».

«Non tanto, signora. Vedo solo le ombre» rispose lui, come impaurito da quella predizione gettata a crudo fra lui e il divino. Quella donna sapeva le storie di tutti, pensò, anche la sua e dunque con ogni probabilità sapeva già del berretto.

«Quindi siete qui per la vista.»

Giacinto esitò un momento, poi si fece un conto del viaggio che aveva fatto fin là, dei soldi spesi in cimeli, dell'offerta che avrebbe dovuto lasciare prima di andarsene: se gli fosse riuscito di ottenere due cose in una volta tanto meglio.

«Se si può, come no» le disse, tutto contento.

«Fatevi mettere la mano sulla testa. Avvicinatevi.»

L'uomo si avvicinò e chiudendo gli occhi si lasciò toccare le tempie dalle mani grassocce della sacerdotessa. La sentiva grugnire come se patisse, poi si mise a urlare come se la scannassero «Occhi tornate, tornate occhi». Giacinto lentamente risollevò le palpebre e lanciò un'occhiata intorno: le ombre in equilibrio sopra la linea divisoria fra lui e il divino non si erano dileguate. Ne dedusse che nulla era cambiato, gli occhi non erano tornati. A malincuore li richiuse e subito fu colpito da ciò che non vedeva ma poteva udire: la sacerdotessa aveva cominciato a scagliare a terra raspe come una pecora colpita da febbre catarrale. Si fece piano di lato, per scansare i malloppi acquosi, ma proprio in quel momento un prurito insistente lo aggredì dietro l'orecchio e, sollevando appena il bastone, si grattò.

«Che state facendo?» gli chiese la donna, chiaramente stizzita.

«Scusate, signora, mi è venuto un prurito proprio qua dietro e non ce l'ho fatta a trattenermi.»

«Ma che ci siete venuto a fare qui da me? Non ci tenete ai vostri occhi? Sembrate un mezzo scemo.»

«Veramente io sono venuto per il berretto, signora. Poi se avanza un poco di spazio nella richiesta ci mettiamo pure gli occhi. Ma primariamente voglio il berretto.»

«Il berretto?»

«Sissignora, il berretto gallonato che deve arrivare dalla fabbrica e non arriva mai. Ma non lo sapete?»

«Ma che volete da me? Andatevene subito.»

«Il berretto non è una grazia come le altre? Ho comprato tutte queste carabattole apposta, guardate» e tirò fuori dalle tasche i cimeli votivi che aveva acquistato e, senza rendersene conto, li lasciò cadere uno dopo l'altro sulla grossa testa della sacerdotessa, rimasta seduta.

«Andatevene, ho detto.»

«Ho comprato anche il disco con la vostra voce sopra; domani mi compro pure il giradischi così vi posso sentire. Il beato non può andare in sogno a quelli della fabbrica di Napoli per comandare di portare immediatamente il berretto a Giacinto di Alento, che Giacinto ne ha bisogno?»

«Fuori! Fuori da casa mia.»

Giacinto rimase fermo un momento; poi, quando la donna prese a gemere come un passero cui avessero rotto un'ala, si fece da parte e si avviò piano verso l'uscita, facendosi largo tra due file di devoti che lo spintonavano e lo insultavano. Tutti parlavano e non dicevano una parola per lui. Non glielo aveva detto nessuno che poteva finire così. Un giorno strano, davvero un giorno strano quello in cui era iniziato il suo ricorso al divino e subito era finito. «Gionni, prega per noi» gridavano le due vecchie che coi loro corpi ostacolavano l'uscita dal luogo santo. «Gionni, facci le grazie!»

No, lui non ci aveva creduto. Fino in fondo non ci aveva creduto.

Fuori da lì cominciò a contare i passi che lo separavano dal pulmino che lo avrebbe ricondotto al paese, con gli altri alentesi ancora in attesa presso la sacerdotessa. D'un tratto – era a metà del percorso – sentì come l'incombere alle spalle di passi pesanti e affrettati, e poi un urlo acutissimo «Maledetto». Poi sentì un colpo sordo alla nuca. Poi più niente. Poi ancora niente. Gli avevano dato. Con il fragore della revolverata senza revolver, un solo colpo alla testa lo mandò al suolo e lì rimase.

Due alentesi lo raccolsero da terra all'incirca un'ora dopo. Non era morto, almeno non sembrava, ma non gli riusciva di svegliarsi. Lo issarono a forza di braccia e lo misero sul pulmino, ma nessuno pensò di portarlo al più vicino ospedale, non per cattiveria, questo no, ma un pensiero così ovvio non sfiorò proprio nessuno, tutti ancora sconvolti dalla malìa della sacerdotessa.

A sera, in paese, non si udì la voce di Giacinto all'ora solita del bando.

«È morto?» si chiedevano un po' tutti.

«Non ancora.»

«Una sincope?»

«No, una caduta in avanti. L'hanno portato a casa in un bagno di sangue.»

Per tutta la notte Giacinto si lamentò e, di tanto in tanto, muoveva il capo, girandolo verso la finestra. Da quel punto si vedeva tutto il golfo di Salerno racchiuso nella mezzaluna del golfo di Napoli. Napoli, Napoli, Napoli...

A Napoli era la fabbrica, a Napoli era il suo berretto. Se solo non vi fosse stato il mare di mezzo avrebbe percorso a piedi la strada fino al maltolto. Il medico che lo visitò alzò le mani e ordinò che qualcuno andasse alla canonica, da don Basilio, per l'olio santo. Giacinto tirò fino all'alba, poi spirò.

La domenica si fece il funerale. C'erano le autorità, i carabinieri, c'erano fiori da tutte le parti. Don Basilio fece il discorso delle grandi occasioni. Il funerale fu bello, pieno di presentimento d'eternità mescolato ai fiori. Sulla bara fu adagiato un berretto con un bellissimo gallone d'oro sul davanti, e tutti notarono come il giallo del gallone si sposasse bene con il legno di pino.

# Estella

Vorrei dire a Marcello che, giunti a questo punto della nostra lunga vita, mi accosterei volentieri al suo braccio, mi ci appenderei per l'ultimo tratto.

Lo so che ho scavato prigioni di solitudine, ma ho odiato il clangore della porta metallica che io stessa chiudevo con diverse mandate. Vorrei dirgli che ero talmente convinta di non poter essere amata che amarmi deve essere stato difficile.

Il giorno in cui se ne andò chiuse gli occhi per accostare il suo viso al mio in un ultimo penoso saluto, come se avessimo dovuto separarci per sempre; io ovviamente lo respinsi, come sempre facevo in avvicinamenti di quel tipo. Quindi il sorriso così vivo, quel sorriso beffardo mentre si gonfiava a dismisura, quel sorriso che tante volte avevo visto deformargli la bocca, accompagnò le solite parole di sprezzo e la soddisfazione di lasciarmi qui a marcire. Disse proprio «marcire». Ma io che potevo farci se l'ottusa indolenza dei sensi mi teneva lontana da qualunque contatto che non fosse pietoso, addirittura caritatevole?

Quando se ne è andato – e con lui, uno dietro l'altro, gli abitanti del paese – ho voluto ignorare che solo il mio corpo e il suo esistevano. Mi sono rifugiata in un fondo di secoli e radici, ho lasciato che le stagioni mi percorressero, non muovendo un dito, senza più voler sapere. Ho giurato obbedienza cieca al silenzio. In realtà, non sono stata che una monaca spogliata, rimasta nel gorgo di una inettitudine tutta mia, il bianco claustrale del mio volto lo dimostra, anche se il chiostro lo lasciai per tempo. Una *cuoredispini* che correva ad arrampicarsi sugli alberi, specialmente sull'olmo, con i capelli scarmigliati, i piedi nudi e sporchi, e da lì, da quell'altura improvvisata intonava canzoni al vento, ai fiumi, alla terra, con l'aria di una vera idiota.

Pure, qualcosa mi aspettavo. Speravo di uscirne intatta. Ne sono uscita piena di spaccature e tanto più spossessata. Ora guardo la mia pelle segnata, questa pelle tanto debole perché non ha memoria di abbracci, e non la sopporto.

Dovevo pensarci prima. Va bene, va bene, dovevo farlo. Ma fintanto che è restato, Marcello è stato per me un'abitudine e i suoi tentativi di baciarmi solo un soffio muto.

Lui sapeva e perdonava, dal momento che io non ne avevo colpa. Ciò che poteva darmi, me lo aveva dato. Ma io che sapevo? Solo questo, che è difficile restituire amore quando non se ne è avuto; è addirittura faticoso riconoscerlo se non c'è stato modo di conoscerlo. Questo non mi giustifica, anzi mi opprime e mi angustia. Lo stesso amore, la stessa tenerezza, avrei potuto darli a lui, nello stesso modo in cui lui li dava a me, imparando dai suoi gesti impacciati così come me li offriva, giorno dopo giorno, ignaro del significato che assumevano appena fuori dal suo corpo. Tuttavia, quando fui sul punto di cedergli, lui apparve ai miei occhi inflessibili come un beneficiato dalla sorte, sul quale non avrei fatto pendere il carico dei miei dolori. Marcello, al fondo di tutto, si era salvato: aveva avuto una casa, un padre, una madre amorevole, mentre io? Mentre io non ho avuto niente di tutto quel bene che viene da lì. Negli anni che sono trascorsi come dovevano mi è parso di aver pensato a un'unica cosa e sempre la stessa. Mi ha ingannata l'amore – quello di chi ti tende la mano in cui è nascosta *labellacosa*, di chi ti asciuga il sangue dalle ginocchia quando cadi. E io non ho voluto più sentirlo, non ho voluto più sentire di non essere amata. A nessuno dovrebbe essere inflitto di vedere il dispetto negli occhi di chi lo ha messo al mondo, di nascere, di arrivare fino a un certo punto e poi più in là: tutto negato. Negata la parola che salva – *prenditi cura di me che io da sola non ce la faccio*. Negata la possibilità di accedere alla sorgente di ogni bellezza. L'amore che muove il mondo. E io mossa solo dalla mia voragine.

D'altronde, cos'era stato il chiostro se non un altro tentativo di trovare un posto in cui stare? Un posto che fosse anche mio, solo un po', me ne sarebbe bastato un po'. Quando poi anche quella prova fallì, tornai alle montagne, tornai agli spuntoni dove cielo e pietra si toccano, sperando di avervi un ritorno. Un ritorno al freddo, che ha le sue beatitudini. Alle cose piccole, che hanno confini certi. Alle tombe scosse dei vecchi abitanti. Qui, fra montagna e montagna, cercai di ricomporre i pezzi, perché c'è modo e modo di salvarsi. Della salvezza perpetua ho sempre diffidato, anzi non ci ho mai creduto. La salvezza provvisoria – la salvezza tipica degli scampati, questa salvezza fragile dei sopravvissuti – sento che può appartenermi, come le case abbandonate d'intorno che sembrano rovinarmi addosso, tutte malconce, tutte rotte: assomigliano alle mie ferite, a questo reticolo di crepe. Dovrei forse preoccuparmene, le vedo erompere ancora più spaventose delle crepe delle case che ho intorno. E invece no, traggo forza da esse, vi ho posto varchi per l'aria e per la luce. Sono qualcosa. Sono mie. Come una possibilità. E guarda anche tu, Marcello, si tengono.

# Lucia Parisi

Fu un lampo e la luce elettrica arrivò in casa Parisi una sera di novembre del 1960.

In paese era arrivata da quarant'anni e, fra i nativi, non vi era chi non ricordasse la sera del 28 luglio 1923, quando la cabina elettrica fu accolta da un corteo preceduto dalla banda e, subito dopo, benedetta dal parroco al quale il sindaco reggeva la stola.

Non andò così nelle campagne d'intorno, dove gli allacci privati furono talmente pochi da potersi contare sulle dita di una mano. Nelle strade principali, invece, le ragnatele di fili sostituirono quasi del tutto i fanali a petrolio, che rimasero morti nell'aria, circonfusi di solitudine.

Consiglio Parisi, a un certo punto, decise che la luce elettrica doveva entrare in casa sua perché la modernità stava bussando alla porta e bisognava aprirle. E siccome nulla è dato se non è chiesto, per quattro mesi consecutivi si recò in paese, fin sopra al municipio, a chiedere l'allaccio, un allaccio che fosse il primo in tutta la contrada di Terzo di Mezzo.

Custoda, al contrario del marito, non aveva alcuna fretta di modernità dal momento che in casa sua la luce non era mai mancata, e non era mai mancata grazie alle sue lampade a petrolio che da sole illuminavano a giorno tutto quel buio. Aveva pure tentato di opporsi – stando per ore in piedi, immobile davanti alla lampada d'ottone che aveva un tiraggio enorme – ma senza frutto, sicché lasciò perdere e si riportò nel suo angolo del camino. D'altronde, come lei ben sapeva, a lavar la testa al mulo si erano sempre persi acqua e sapone.

I tre figlioli si disposero all'evenienza ciascuno secondo la propria utilità. I due maschi accarezzarono con piacere l'idea di studiare non più alla luce meschina dei lumicini, mentre Lucia non sapeva proprio che farsene di un trionfo di luce in casa, dato che non doveva studiare perché il padre l'aveva mandata a scuola fino a un certo punto.

L'uomo degli allacci si presentò alla porta sul finire di novembre, fasciato in una tuta massiccia di un blu intricato che colpì di meraviglia i ragazzi. Persino Custoda non poté fare a meno di fissare quell'involucro prima di distogliere contrariata lo sguardo, perché la diavoleria che quell'uomo era venuto a portarle in casa la inquietava e, ne era certa, non avrebbe portato niente di buono.

L'uomo degli allacci salutò frettolosamente Consiglio – che l'accolse come si accolgono i liberatori dalle tenebre – e entrò deciso, molto deciso, a fare ciò per cui era venuto.

Quando fu il momento, gli uomini di casa si sistemarono intorno al tavolo da pranzo e aspettarono in silenzio il lampo dell'accensione. Fu un trionfo.

Lucia, come del resto sua madre, sospettò subito di quei fili metallici e, benché non potesse fare a meno di sgranare gli occhi di fronte a tanto luccicore, si fece in un angolo disprezzando l'uomo giunto fin laggiù per l'allaccio. Dato che poi, per il continuo fissare la lampadina accesa, i suoi occhi si erano riempiti di grosse lacrime, la sua diffidenza aumentò e con essa un sospetto di malaugurio.

Fu però nel giorno della festa d'autunno – pochi giorni dopo l'allaccio – che si convinse definitivamente che la luce elettrica era una grande impostura, un trappolone e nient'altro.

Quella mattina aveva portato ben prima dell'alba le capre al pascolo e, nonostante il freddo bilioso per il quale le bestiole avevano tirato fuori due occhi così, era riuscita a farle pascolare e a rientrare alla masseria prima che suonassero le dieci. Aveva ancora da fare due o tre cose prima di poter salire in paese per la processione propiziatoria, e doveva farle in fretta perché Tonino di Vitantonio l'avrebbe aspettata nella piazza per non più di dieci minuti, dal momento che sua era la spalla destra che avrebbe portato la Madonna della Frana, un privilegio concesso di preferenza agli uomini tornati in paese dalla guerra e, in mancanza di una guerra, a quelli rientrati dalla leva.

Ma ecco che il diavolo proprio quel giorno aveva deciso di metterci la coda, servendosi di quella cosa che Custoda aveva definito nel più appropriato dei modi. Attraverso cos'altro, infatti, avrebbe potuto agire se non per il tramite di quella inutile lampadina elettrica che era entrata nella loro casa dalla porta principale e da padrona si era piazzata sopra le teste di tutti? E di chi altri, se non del diavolo, poteva essere la colpa se Lucia, tornata in affanno dal pascolo, aveva alzato troppo il manico della scopa nella foga di spazzare il pavimento colpendo di brutto la lampadina che, al colmo della perfidia, si era ridotta in mille minuscoli pezzi?

Lucia sapeva che Consiglio non permetteva simili disattenzioni in casa sua, non le permetteva in particolare a lei, che aveva già da scontare il debito di essere nata femmina quando invece in ogni casa rispettabile il primogenito era sempre stato maschio. Ora poi la sua disattenzione aveva irrimediabilmente compromesso il sogno di modernità di Consiglio, che per tre giorni aveva contemplato con soddisfazione la lampadina, come aureolato della nuova ricchezza che non rinviava a nessun'altra ricchezza sottostante e perciò valeva come ricchezza in sé.

Prima ancora che suo padre se ne accorgesse, Lucia sentì venirle addosso una specie di sfinimento; non era nuova a questa sensazione perché ogni giorno nei predicozzi di Consiglio saltava fuori qualche cosa contro di lei, ma stavolta la faccenda era seria.

Raccolta in un angolo del focolare, Custoda guardò la figlia che cercava invano di darsi fiato mentre raccoglieva in grembo il grappolo dei vetri straziati. Un gorgoglio di stomaco le rivelò il timore che già l'assediava. Alzando lo sguardo vide infatti il marito farsi avanti nella stanza, con il viso che era un intrico di vene, una furia proprio. In un istante l'uomo fu alle spalle della figlia e, senza aggiungere una parola, cominciò a colpirla con tutta la forza che un padre come lui doveva mostrare di avere, soprattutto in quelle occasioni.

Lucia, ripiegata su se stessa come un sacco di rape, si dispose a ricevere i colpi senza tentare di difendersi limitandosi a contare, fra un colpo e l'altro, gli istanti di respiro che le venivano concessi.

Poi di lontano vennero dei rumori e tanto bastò perché Consiglio si fermasse e alzasse la testa verso la finestra, per vedere se venisse qualcuno. Siccome non veniva nessuno, riportò gli occhi su quel grumo di carne e inutilità che era sua figlia, non ancora rabbonito ma già un poco più esitante.

Fu a quel punto che Lucia pensò di fingersi morta, il che avrebbe certamente placato il padre perché i morti non si toccano, specialmente i morti nelle povere case. Così si accasciò e diventò di pietra. Ne approfittò per accanirsi con rabbiosa volontà a immaginare Tonino di Vitantonio fermo in piazza e carico di impazienza, un'immagine incrudelita dalla sagoma del padre che non accennava a provare pietà. Da sotto le palpebre, infatti, poteva scorgerne le braccia ancora in attesa e la faccia immobile, terribile, con le froge dilatate come per nitrire.

Non se lo confessava ma sapeva che Tonino di Vitantonio non l'avrebbe più cercata se non lo avesse raggiunto in tempo. Non si vedevano da quando era partito per la leva, e nell'unica cartolina che le aveva spedito prima di tornare a casa le aveva dato appuntamento per quel giorno e per quell'ora, pregandola di non tardare.

Presa da un'infinita pietà per se stessa, pensò all'ultima cosa che le rimaneva da fare, dopodiché sarebbe pure potuta morire lì a terra. Si persuase che non c'era da pensarci oltre e, senza fare un conto di quanto le sarebbe potuta costare quella disperata impresa, emise un gemito a cui sembrò affidare tutta la vita che le rimaneva.

«Signor padre,» disse «vi chiedo perdono per la disattenzione che poco fa ha distrutto la lampadina e la luce di questa casa. Vi imploro, ma so che non basta. Accordatemi perciò il permesso di poter salire in paese per la processione, in modo da chiedere al buon Dio il perdono per il mio peccato di stupidità. Concedetemi, padre, di fare questo per la mia anima.»

Non appena le uscì di bocca l'ultima parola, Lucia si coprì con la mano gli occhi, come temendo che i piedi del padre a quel punto la colpissero in testa.

Ci furono alcuni istanti di quiete, durante i quali Custoda per poco non cadde dalla sedia, sorpresa fino quasi alle lacrime dalla insospettata forza d'animo della figlia. Poi, con un colpo secco di tosse indirizzato al marito, interruppe il silenzio.

Consiglio, ancora fermo nella sua grave posa, dovette tutto d'un tratto sentirsi come un soffione che disperde nel vento la sua collera. Come poteva restare impassibile dinanzi a una tale richiesta di perdono? Sua figlia aveva parlato di *anima* e chi mai era lui per negarle un sollievo? Solo l'Altissimo poteva negarglielo, non lui che poteva decidere per il bene dei suoi figli fino a un certo punto. D'altronde era sempre stato benevolo con loro, e i colpi che di tanto in tanto partivano dalle sue mani erano colpi a correggere, mai a offendere, perché l'offesa è dei vigliacchi.

In quel momento guardò la figlia e la guardò con simpatia come di madre, avvertendo quasi di volerle bene. Aveva parlato di *anima* e chi mai era lui per negarle un conforto? Fu così che annuì con benevolenza alla sua richiesta, accompagnando l'assenso con un largo gesto benedicente che voleva dire «Alzati e vai».

Lucia, riprendendosi all'istante, avvinghiò e baciò la mano che poco prima l'aveva colpita, quasi inebetita dalla riuscita dell'impresa. Guardò per un attimo Custoda che già non la guardava più e subito dopo, con la testa ancora formicolante per i colpi ricevuti, corse al fontanile a lavarsi. Un vecchio specchio sistemato proprio sopra il lavatoio le rese dal fondo ingiallito un'immagine piena di bruttezza: il viso gonfio, gli occhi cerchiati e, poco più in basso, l'impronta rossa delle dita paterne. Questa vista accrebbe il suo malumore e, con un gesto di rabbia, si distaccò dallo specchio perché i conti con la sua vitaccia non aveva certo tempo di farli ora.

Si precipitò in casa e si cambiò in fretta, indossando il vestito che lei stessa aveva cucito – ben fatto, certo, ma senza la minima stravaganza. Si guardò un'altra volta allo specchio e, tutto sommato, si trovò accettabile. Corse di nuovo fuori, facendo attenzione alle due o tre chiazze di umido che sempre si formavano sul pietrisco, e tirò fuori dalla stalla il mulo, che era stanco e vecchio quanto il cucco ma aveva ancora nelle gambe la forza di affrontare la strada tutta in salita verso il paese. Si incamminò sulla sua groppa e subito i sospiri d'affanno del vecchio mulo si unirono ai sospiri e ai palpiti di Lucia. Il vento e la pioggia d'autunno non sembravano più molestare la campagna in riposo perché ora la accarezzavano, al punto che le foglie cadute sembravano all'improvviso rinvenire in un fremito di sospiri, e guarda: persino gli alberi non assomigliavano più a ossa magre ma parevano riempirsi di nuova linfa.

Quasi senza accorgersene Lucia si ritrovò in paese e con un ultimo sforzo del mulo riuscì a raggiungere la piazza, dove i santi – a giudicare dai crocchi di gente in attesa – non si erano ancora visti. Più che mai simile a un pavone cui il vento avesse scarruffato le piume, con addosso la polvere di strada che sembrava polvere di incuria, Lucia si guardò intorno cercando Tonino di Vitantonio e lo vide semiemerso tra due file di devoti.

Quando fece per avvicinarsi tirando a sé il mulo che non voleva più saperne di muoversi e perciò faceva un gran baccano, Tonino le intimò con la mano di fermarsi. Fu lui ad andarle incontro, e lo fece con aria esitante, come se a ogni passo fosse sul punto di tornarsene indietro. Appena le fu vicino borbottò qualche parola che Lucia non capì perché un improvviso scampanio a festa annunciò l'uscita dei santi dalla chiesa. Quindi si fecero entrambi di lato, per consentire ai devoti di unirsi in corteo.

Lui doveva averne serbato un'immagine diversa perché alla luce che la colpiva di sfascio Lucia gli parve brutta, con il viso pieno di autunni; per di più mandava odore di mulo. Si guardò intorno, cercando altre figure di donne, diafane e profumate di lavanda, come quelle che aveva incontrato su al Nord e che ora, al paese, poteva solo vagheggiare in sogno.

«Devo andare, Lucia. Oggi porto la Madonna in spalla» disse con voce manierata, fissando un punto lontano.

«Ci rivedremo?» chiese lei.

«Non so. Non credo. Meglio di no» le rispose, e con un'alzata di spalle si allontanò.

Il bisbiglio di quelle parole si propagò intorno a Lucia toccandole appena le orecchie. Sottili, quasi come un fischio, quelle parole fecero un suono incomprensibile, di nessun colore se non dell'aria, di nessuna forma se non quella precisa di un congedo.

Si ricordò di una capra che era spirata con la testa nella paglia; il respiro che la bestiola aveva lasciato uscire, poco prima di morire, era simile al suo respiro di adesso, un respiro terribile, come di sepolcro. Si guardò addosso e si accorse di avere il corpo disfatto dal viaggio sul mulo, braccia e mani sporche di polvere. Aveva atteso per un tempo eterno quel giorno. Aveva cucito il suo vestito di notte, alla luce della lampada a petrolio, lo aveva voluto azzurro come è azzurro il mare delle cartoline, un mare d'altri che lei non aveva mai visto.

Fu allora che si decise perché sentiva che quello era il momento e, siccome aveva deciso, nessuna delle intimazioni da catechismo poteva dissuaderla, come altre volte in passato. Ormai sazia di delusione, che aveva avuto più del giusto a dirla tutta, non voleva più vederli quei gesti che le indicavano sempre il medesimo posto da quando era nata; non voleva più sistemarsi il viso nella posa dei sopportadolori.

D'altronde, che cosa lasciava? Un odore di mondo, annusato di nascosto. Esattamente come accadeva con il cioccolato, *labellacosa* che il padre ripartiva soltanto fra i figli maschi che studiavano e crescevano a vista d'occhio – ogni mese più lunghi, ogni mese più lunghi. Lei, certo, aveva abbondanza di uva passita e bacche, e Custoda diceva che è meglio prendere ciò che si può avere, senza chiedere altro. Solo che ora i sentimenti le si confondevano in un unico impulso e non aveva più voglia dell'antica prudenza della madre, le cui parole le risuonavano in testa come passi in salita lungo le scale della rassegnazione.

Riprese il mulo e s'incamminò verso l'uscita del paese, a passo svelto perché non voleva cambiare idea. Giunta nel punto più alto del pianoro, là dove sembrava che la strada si staccasse dalla terra e proseguisse da sola sospesa nell'aria, guardò in basso. C'era un fosso profondo e già ghiacciato, pieno di passeri morti, di ciuffi di ortaglie avvizzite. Il fosso era lì davanti a lei, accogliente, in attesa. Non doveva pensarci a lungo, perché queste cose richiedono impulso. E infatti non ci pensò più.

Che gliene era venuto da quella luce metallica? Al balenio della stoppa nelle lampade a petrolio tutto sarebbe stato ancora possibile, tutto da fare. Sotto il chiarore torvo della luce elettrica ogni cosa si era di colpo compiuta.

# Consiglio Parisi

Non era la prima volta che la morte entrava in casa di Consiglio Parisi. Era accaduto già nel 1957, in un mattino illanguidito dall'ultimo sole di ottobre. Prima di allora la sua casa ne era stata risparmiata perché non contavano i due gemelli nati morti anni prima, essendosi essi presentati al mondo già defunti, segno che la morte l'avevano incontrata fuori, non dentro casa. Ma siccome Custoda si era liberata di due morticini in una volta sola Consiglio preferì starle lontano giusto il tempo di far cambiare l'aria, due tre giorni non di più, durante i quali si adattò a dormire all'aperto con il pretesto del granaio pieno, che era periodo di razzie.

Custoda ringraziò i suoi mancati figlioli per il tempo che durò la distanza, finalmente sola in quella specie di vestibolo che era la camera da letto, piena dei fastidiosi cimeli del marito; in quelle poche sere al riparo, poté essere donna e bambina, madre e figlia mai nata, le guance lavate dalle lacrime che la poca luce del lume rischiarava a metà.

La mattina del '57 in casa c'erano tutti, anche i due ragazzi che non avevano ancora ricominciato la scuola. Consiglio come ogni mattina era impegnato nella lettura del giornale: lo comprava solo una volta a settimana e lo leggeva per tutte le mattine successive, assorto e tutto imbambolato nel portento della carta, le braccia tese a tenderla, che ce ne era da leggere in quei fogli pieni di parole. Aveva ereditato da suo padre l'inclinazione a fidarsi solo di ciò che usciva dalla rotativa; il suo nome stesso gli veniva dal giornale che nel giorno della sua nascita aveva riportato a titolo di scatola la notizia di un *Consiglio di Stato per le terre liberate*; al vecchio Parisi era parso come un segno di grande rilievo, sicché diede al figlio il nome di Consiglio e lo benedisse.

Custoda, al contrario del marito, provava diffidenza per quelle colonne di parole che erano come l'ultimo spruzzo di una marea che montava altrove. Parole che in alcun modo li riguardavano e che, per di più, erano compresse su un fogliaccio che mandava odore di lucido per scarpe.

«Custoda, tu hai la testa solo per portarci sopra i capelli» le diceva annoiato Consiglio, ogni volta che lei gli sottolineava i quattrini spesi per l'acquisto del giornale, confrontandone il costo con il prezzo corrente del pane.

Quella mattina del '57 Custoda fu svegliata da un rumore che veniva dalla cucina, un rumore continuo, come di colpi vibrati da una mano malsicura su un saccone di foglie. Si alzò e andò a vedere. Nella cucina nient'altro si muoveva tranne lei, che si guardava intorno e guardava le cose che dormivano. I colpi venivano dal camino, in cui probabilmente si era cacciata una bestiola. Prese l'attizzatoio e s'inginocchiò sul margine del caminetto. Doveva trattarsi di un uccello finito nell'ultimo tratto della canna fumaria, poco prima dello sbocco nel focolare. Provò a toccarlo, perché se ne uscisse. L'uccello, però, continuava a sbattere da una parte all'altra senza riuscire a trovare il modo di liberarsi e, come impazzito di terrore al contatto con il ferro, cominciò a emettere gridi che Custoda riconobbe subito. Fu allora che si decise a infilare il braccio nel camino perché l'animale per nessuna ragione doveva cadere in casa. Si protese fino a sfiorarne le penne e cercò di afferrarlo per dargli una spinta verso l'alto, ma non le riuscì perché l'uccello si era serrato in un cretto. Riprese perciò l'attizzatoio e pensò di dargli un colpo deciso perché si disincagliasse. «Tu sei una bestia,» diceva «volatene via.» Fallito il primo tentativo, riprovò una seconda volta, poi una terza e una quarta. Ormai in preda a un furore, non le riusciva di fermarsi perché quella civetta non doveva cadere in casa sua, non doveva posare gli occhi su di lei o sui figli, non ora che Mariuccia era tanto debole. Continuò a muovere l'attizzatoio verso l'alto e non si rese conto che i colpi avevano coperto i gridi dell'uccello, che non si sentivano più. Vibrò un altro colpo e dovette a quel punto fermarsi: l'uccello cadde sfiorandole le ginocchia, coperto di sangue e morto.

C'era un ampio tavolo al centro della stanza e Custoda andò a sedersi lì davanti. Teneva in grembo l'uccello morto e lo fissava come se in quel piumaggio ritto si fosse impigliata la sua vita. Un chiodo fisso, sembrava che una mano impietosa le girasse e rigirasse un chiodo nella testa: Mariuccia.

Una sonnolenza fonda le appesantì le palpebre; avrebbe voluto tornarsene a letto e rimandare ogni cosa all'indomani. Ma proprio in quel momento la porta della stanza si aprì e apparve Consiglio.

«Custoda, vorrei capire cosa ti passa per la testa. Hai fatto un tale baccano che sei riuscita a svegliarmi.»

«C'era un uccello nella canna fumaria. Volevo liberarlo.»

«Lo vedo come l'hai liberato!»

«Era una civetta.»

«Peggio mi dici. Custoda, tu sei una svitata e proprio a me dovevi capitare. Oh se tornassi indietro! Oh se non avessi avuto fretta di accasarmi!» Era cominciata anche quella mattina la solita solfa di Consiglio, e anche quella mattina Custoda aveva la voce allenata per rispondergli a cantilena, come faceva da diciotto anni; infatti disse: «La mia dote superava di molto i tuoi averi. Per questo hai avuto fretta di accasarti».

«Ma sentila! La tua dote era un pezzo di terra rachitico che hai dovuto vendere per pagare il tuo conto con la giustizia.»

«Quel pezzo di terra fruttò quarantamila lire e io non avrei dovuto pagare nessun conto alla giustizia se non ci fosse stato l'imbroglio.»

«La legge ti ha condannata» le ricordava inesorabile Consiglio.

«Io nella terra di Micchetto non ci sono mai andata» gli rispondeva imperturbabile Custoda.

E lui: «Lo dici tu, ma Franco Zonzi ti ha visto con le capre proprio laggiù e lo ha riferito al giudice».

E lei: «La testimonianza era falsa. Franco Zonzi non è mai stato un buon uomo, si vede anche dalla fine che ha fatto».

«Fine o non fine» concludeva Consiglio «la legge ha detto che tu quel giorno, a quell'ora, ti trovavi nella terra di Micchetto; le capre hanno mangiato le siepi e i danni li hai pagati tu.»

«E Micchetto si sarà spartito i soldi con Franco Zonzi» concludeva anche Custoda, ma a quel punto le veniva sempre uno sfinimento, perché la vicenda della condanna era stata una mazzata da cui non si era più ripresa. «La legge ha creduto a loro e non mi meraviglio. Ma tu sei mio marito, avresti dovuto credere a me. Erano mesi che io non andavo più al pascolo, ci mandavamo Lucia. Come hanno fatto a giurare di avermi vista laggiù?»

«Io credo solo a quello che dice la legge e se la legge dice che tu quel giorno eri nella terra di Micchetto con le capre, tu eri là.»

«Un anno fa Franco Zonzi è stato ammazzato in casa sua, soffocato con un pezzo di stoffa.»

«È un affare che non mi riguarda e non riguarda neppure te. La legge non ha accertato niente e quindi non è successo niente.»

«Ma è morto ammazzato, questo la legge lo ha appurato. E si sa anche chi lo ha ucciso, anche se non ci sono prove.»

«Custoda, taciti. Vuoi ficcarti in qualche altro guaio per la tua stupidità? Non ci sono prove per accusare nessuno, la legge dice così. Zonzi è morto sì ammazzato, ma da lui stesso.»

«Con una pezza stretta sulla bocca?»

«Esatto, e chiudiamo qui la questione. Tu pretendi di saperne più della legge, ma non c'è niente al di sopra della legge. E trattandosi di una entità soprana, non puoi capirla tu che stai sotto più degli altri.»

Ci fu silenzio. Custoda rimase seduta al tavolo, con la civetta morta ancora in grembo. Avrebbe voluto dire che la legge soprana che l'aveva condannata era una legge ingiusta, lasca con i forti e accanita con i deboli. Lei debole lo era per davvero, perché non era ricca e per di più era donna, e il marito non mancava di ricordarglielo sottolineandone la minorità. Ma non era stupida. Avrebbe voluto gridare che era stata imbrogliata e avrebbe fatto uscire le parole dalle sue ossa, dalle vene che sentiva di avere aperte. Ma a cosa sarebbe servito? Avrebbe continuato a vivere come nella casa estranea che vedeva in sogno la notte, una casa a lutto in cui lei era la morta. Tanto valeva tacere, come al solito. Senza accorgersene strinse le mani intorno al corpo della civetta e si lasciò uscire una smorfia di dolore.

Consiglio intanto era uscito e si era portato al lavatoio per prendere l'acqua e lavarsi prima della lettura del giornale, che non andava mai affrontata con la testa in disordine e il cispo sugli occhi.

Custoda sistemò i suoi pensieri sulle paure che ora tornavano ad assalirla, con quella civetta in casa che aveva il gelo negli occhi. S'insinuava in lei soprattutto la paura che potesse accadere qualcosa a Mariuccia e, con spavento, immaginava i giorni a venire. Si alzò e cominciò ad accendere il fuoco. Era ancora presto e le cose erano ferme. Si mise in ascolto di voci lontane che potevano giungere a confortarla; prestò orecchio, attese, ma invano: non veniva niente. Angosciata gettò nel fuoco il corpicino della civetta e restò a guardarlo mentre bruciava; il terrore rimasto negli occhi sgranati dell'animale rifletté per un istante il suo, poi ci fu la vampa.

Mariuccia era l'ultima nata di casa, aveva sì e no sette anni ed era l'unica dei Parisi ad avere i capelli biondi che le venivano dai parenti della madre. Ed era la più gracile dei Parisi, e anche questo le veniva dalla madre che era esile, minuscola proprio.

La sua stessa nascita si era coperta di infermità, dal momento che non nacque in casa come i suoi fratelli, né in qualsiasi altro luogo riparato. Nacque sul ciglio di una strada, sotto un sole che nemmeno scaldava.

Accadde lungo la salita che da Terzo di Mezzo portava al paese, un pomeriggio in cui il vento piegava i fili d'erba al modo di tante anime penitenti. Quando Custoda, ormai al termine delle nove lune, ebbe uno scossone al ventre, non si fermò e continuò a salire. Battevano le tre del pomeriggio e in strada non si vedeva nessuno. A pochi passi da una casa diroccata che si teneva in bilico sulla frana, Custoda non poté fare a meno di accasciarsi perché le pareva che mille mani le rovistassero il grembo. Avesse avuto il sangue forte della giovinezza si sarebbe rialzata e avrebbe proseguito fin sopra al paese, dove qualcuno l'avrebbe aiutata. Ma non le riusciva di muoversi. Così rimase sul ciglio della strada e con gran fatica si dispose ad aspettare. Fra una scossa e l'altra, il *malestro* dei ricordi tornò a tormentarla e prese pretesto dal dolore al grembo. Da lontano non giungevano che pochi rumori e parevano anch'essi pieni di torpore. I due gemelli nati morti anni prima tiravano il grembo allo stesso modo, segno che avevano combattuto con la morte prima di soccomberle.

Una vecchia vestita di nero saliva proprio in quel momento, con una gerla sulla schiena. Appena fu alla giusta distanza diede un'occhiata alla donna che se ne stava rattrappita a terra.

«Tenete la pancia?» chiese la vecchia, e Custoda si scostò la mantella per mostrargliela.

La vecchia la guardò, poi si tolse la gerla dalla schiena e ne trasse una borraccia piena d'acqua.

«Bevete un sorso d'acqua» e le porse la borraccia.

«Sia benedetto chi vi manda sulla mia via» fece Custoda, prendendo la borraccia con entrambe le mani.

«Parlate bene, siete una maestra?» chiese la vecchia, come colpita dal tono di voce di Custoda, delicato nonostante lo stato di sofferenza.

«No, non lo sono.»

«Ma parlate come una maestra.»

«Mio padre mi fece fare un poco di scuola.»

«E sapete leggere?»

«So leggere.»

«Se io vi aiuto con la pancia, voi poi me la potete leggere una lettera? Io non so leggere.»

«Sì, certamente» rispose Custoda e sorrise a quella piccola vecchia donna che sembrava una bambina.

La vecchia riprese la borraccia, l'agitò e rovesciò tutta l'acqua su Custoda, che si mosse di scatto sotto quella piena.

«Non vi preoccupate: acqua chiama acqua, e l'acqua vostra non s'è vista ancora.»

Custoda si guardò le vesti bagnate, poi sentì che un liquido che usciva da lei le stava scorrendo lungo le gambe. Capì che era il momento. La vecchia le fece segno di togliersi la mantella e, incurante della polvere che si era accumulata in quel fosso di strada, s'inginocchiò davanti alla donna. Così rannicchiata sulla strada, all'aria aperta con le gambe di fuori, Custoda aveva vergogna. Faceva freddo ed era tanto se il sole impediva di gelare. La vecchia sistemò la mantella a mo' di tappeto perché la vita che stava per nascere non toccasse subito la polvere, e si predispose ad accoglierla.

La bambina venne alla luce dopo pochi minuti di strapazzi, senza vagiti e senza particolari fremiti.

«Perché non piange?» mormorò Custoda con l'ultimo fiato che le rimaneva.

«È viva.»

Poi la vecchia passò un dito sulla bocca della bambina per rompere la liatùra, in modo che non crescesse balbuziente, e le praticò delle leggere pressioni sulle guance, perché le restassero le fossette; infine tagliò il cordone con il coltello che usava in campagna e con un filo di paglia tirato dalla gerla le legò l'ombelico.

«È bella. Come la chiamate?»

«Non lo abbiamo deciso» rispose Custoda, che cominciava a riprendersi, nonostante le chiazze rosse sulle guance che le erano venute per lo sforzo e ancora restavano. «Mio marito avrebbe chiamato un maschio Palmiro, perché è il nome di un uomo importante che trova spesso sul giornale, e perciò dice che è suo amico. Ai nomi delle femmine non s'interessa.»

«Allora prendetevi il nome mio, è un nome bello.»

«Come vi chiamate?»

«Mariuccia.»

«È veramente un bel nome. Se mio marito è d'accordo la chiamiamo così.»

«Ricordatevi che entrate nella purificazione: dovete restare quaranta giorni in casa, neppure alla chiesa dovete andare. Mangiate brodo di gallina e cipolle, che fanno latte buono.»

«Ditemi dove abitate, Mariuccia, che vengo a trovarvi a casa appena posso.»

«La casa mia è solo una stanza, non è una casa. Non vi disturbate.»

«Ma come posso ringraziarvi per quello che avete fatto?»

«La lettera, mi dovete leggere la lettera.»

«L'avete con voi?»

«Sissignora, la tengo sempre con me. È di Michelino, il figlio mio partito per il Venezuela.»

«Ma lui lo sa che non sapete leggere?»

«No. Mi vregognavo e non ce l'ho mai detto. È andato a scuola, teneva amici signorini, a loro ci diceva che la mamma era morta e io ero la bàlia.»

«E voi non gli dicevate niente?»

«No, niente.»

«Non avete altri figli?»

«Nossignora. Dopo la nascita di Michelino mi hanno fatto lo strappamento.»

Custoda guardò la vecchia che le parlava tenendo la testa di lato, come per nascondere una smorfia di dolore, ma le si vedevano comunque gli occhi, velati nelle orbite.

La figlia appena nata le si era subito addormentata sul seno. Era una creatura minuscola e già stremata, ma aveva i colori del sole che si mescolavano al nero della mantella impolverata dove stava raccolta come un fagotto.

«Mostratemi la lettera.»

Come se non aspettasse altro, la vecchia si avvicinò alla gerla e, sollevando i ceppi di legna secca stivati con cura, tirò fuori il panno che custodiva il foglio. Adagiò provvisoriamente l'involto sul palmo di una mano e con l'altra sollevò i lembi, con gli stessi lenti movimenti di un prete che deposita il velo omerale dopo i riti. Poi stringendola fra due dita porse la lettera alla donna.

Custoda la prese. Quel pezzo di carta, pensò, era la ragione di vita di quella donna, la fonte dei suoi ragionamenti, i più naturali che si potessero fare, i ragionamenti di una madre che ama il figlio. Percorse dapprima quelle righe senza leggerle: erano poche, una decina in tutto; poi cominciò a leggerle dalla fine, perché se ci fossero state parole d'affetto in chiusura, certo ve ne sarebbero state anche nel mezzo. Lesse e inghiottì il respiro. La lettera si chiudeva con un *Non aspettatevi altre notizie da me, che tanto non le sapete leggere. Addio.*

Con un'ansia crescente lesse il resto e non vi era altro che un congedo definitivo dalla miseria e dall'ignoranza della madre, come da un pregiudizio che lo aveva segnato per la vita.

La vecchia intanto teneva lo sguardo fisso sul viso della donna, per scorgere nei movimenti minimi degli occhi tutto ciò che fino a quel momento le era stato precluso.

Impacciata, Custoda fece un gesto come per dire «Buone notizie».

«Che dice? Sta bene?»

«State tranquilla, Mariuccia. Vostro figlio sta bene e ha trovato un buon lavoro a Caracas. Si trova bene. Dice che è stata una fortuna andarsene dal nostro povero paese. Al di là del mare ci sono più possibilità.»

«E non torna?»

«Non per ora. Deve farsi una posizione. È meglio se resta dov'è ora.»

«E di me, di me domanda?»

«Certamente. Spera che stiate bene e dice che non vi potrà scrivere spesso perché mandare una lettera dall'altra parte del mare costa troppo, anzi le lettere che devono attraversare il mare non arrivano quasi mai. Ma vi pensa e vi vuole bene.»

«Questa lettera è arrivata due mesi fa ma mi vregognavo di domandare a qualcuno se me la leggeva.»

«Vi è molto caro vostro figlio, Mariuccia?»

«È tutto, tutto. Ma adesso alzatevi, piano piano, che questa è una giornata bella: la giornata che la figlia vostra è nata e il figlio mio non si è scordato di me.»

Quella mattina del '57 Mariuccia si era svegliata livida. Lenta, si era portata in cucina e Custoda provò un istante di superstizione nel vederla così. Rivolse allora lo sguardo al marito per interrogarlo: vedeva anche lui poco più di un fantasma? Fu inutile perché Consiglio era assente, come sempre quando teneva gli occhi fissi sul giornale, dal quale niente poteva distrarlo.

Mariuccia non si lamentava; soltanto la mano stretta intorno alla gola indicava il suo malessere. Non tentò nemmeno di sfilare il giornale dalle mani di Consiglio, come faceva quando aveva voglia di insolentirlo, per scherzo. Né cercò Lucia per convincerla a giocare a Regina reginella, solo un po' solo un po', un gioco magico a cui potevano partecipare anche i fratelli. Le piaceva specialmente quando la regina era Lucia e si metteva con la faccia rivolta al muro strizzandole l'occhio, il che voleva dire che le avrebbe ordinato solo passi di leone e, appena possibile, salti da grillo. Il gioco consisteva in passi brevi da formica o lunghi da leone, in salti da grillo o addirittura in passi da gambero che la regina ordinava a ciascuno dei giocatori, dopo che a turno avessero detto la formula rituale: «Regina reginella, con la fede e con l'anello, quanti passi mi vuoi dare per arrivare al tuo castello?»; Lucia allora ordinava uno o due passi da formica ai fratelli che avevano le gambe lunghe, per poi finirli con passi da gambero, mentre Mariuccia con tre passi da leone e due salti da grillo la raggiungeva in un momento e le toccava la spalla: poteva a quel punto prenderne il posto di regina.

Quel mattino non fece niente di tutto questo, ma procedendo con la mano stretta intorno alla gola si mise vicino al caminetto e non si mosse più.

«Consiglio, vai subito a chiamare il medico» disse Custoda al marito, scuotendolo per un braccio.

«Ma che succede?» chiese lui, ma come parlando all'aria perché Custoda era già di nuovo vicino a Mariuccia.

Messo in agitazione dal tono di voce della moglie, Consiglio posò per un istante gli occhi sulla figlia. La madre l'aveva adagiata su due seggiole di paglia accostate, a fare un lettino. Si avvicinò e le toccò la fronte, un bollore di pelle così violento non l'aveva mai sentito. Sì, bisognava andare a prendere il medico.

Mentre si preparava a uscire fece un conto della situazione. La strada verso il paese era tutta in salita e per percorrerla a piedi avrebbe impiegato almeno un'ora, ma non aveva alternative perché il vecchio mulo non avrebbe retto il suo peso.

«Custoda, io vado, torno il prima possibile. Intanto perché non dai a Mariuccia la bevanda alle erbe che comprai alla fiera?»

«È amara, non l'ha mai voluta.»

«È una bevanda salutare. Lo dicono anche sul giornale, proprio la settimana scorsa c'era una reclama grande così.»

«Non riesce a ingoiare niente, nemmeno l'acqua.»

«Ma la bevanda le fa bene. Provaci.»

«Ti ho detto che non riesce a ingoiare niente. Non insistere.»

«Se la bevanda l'avessi comprata tu allora sì che sarebbe stata buona, ma siccome l'ho comprata io la bevanda è cattiva. Io vorrei sapere perché l'ho comprata, se nessuno se la prende.»

«Vai a chiamare il medico. Non c'è tempo da perdere.»

Consiglio guardò di nuovo la figlia e di nuovo le sentì la fronte. Quel colore, un colore così terribile non lo aveva mai visto in un bambino. Un brutto presentimento lo assalì.

Il primo tratto di strada lo affrontò in fretta, nelle gambe quasi la forza di un ragazzino. Così inerpicato cercava di non pensare a niente che non fosse il tragitto: un passo dopo l'altro e gli riusciva di issarsi con forza. Poi il fiato si fece corto e lo costrinse a rallentare e poco dopo a fermarsi. Si guardò intorno: una fitta vegetazione di rovi, ortiche e erbacce molestava la strada, che era già dissestata e piena di buche. Nella radura c'erano escrementi di ogni tipo anneriti e cotti dal sole. Decise di togliersi ogni peso che gli rallentava il passo, gli ingombri che gli impedivano i movimenti. E siccome non aveva addosso niente altro che un giaccone, si tolse quello e se lo appallottolò sotto il braccio. Gli sembrò a un certo punto che ogni cosa fosse a rovescio e per un attimo anche la sua mente si confuse. La morte era disgustosa, infatti l'aveva sempre immaginata vecchia e grinzosa. Ma ora perché sua figlia, che era così piccola, di punto in bianco ne aveva preso il colore?

In paese ci arrivò come previsto dopo un'ora. Con un ultimo sforzo arrivò in piazza e poi sulla soglia della casa del dottor Vesi, l'unico medico di Alento. Bussò. Nessuna risposta. Bussò di nuovo. Niente.

Si sedette allora sugli scalini, deciso ad aspettare che il medico rientrasse. Passarono pochi minuti e la porta di casa si aprì.

«Chi siete?» una voce di donna vecchia si rivolse all'uomo accasciato sulle scale.

«Consiglio Parisi.»

«E che volete?»

«Cerco il dottore. Mia figlia sta male.»

«Il dottor Vesi non c'è, è partito per un viaggio.»

«Come partito?»

«Partito, partito.»

«E quando torna?»

«Non prima di una settimana.»

«Una settimana? Ma non posso aspettare una settimana.»

«Sentite, non tengo che farvi, il dottor Vesi non c'è. Se però aspettate che finisca il giro delle visite, potrete parlare col dottor Paglia, di Cerre, che sta sostituendo Vesi.»

«Cerre avete detto? Ma è a parecchi chilometri da qui. Come faccio?»

«Ma che avete capito? Il dottor Paglia sostituisce Vesi qui a Alento, nel suo studio. Aspettatelo dove state ora. Appena torna gli parlate e vi fate dare una medicina. Ma i soldi li tenete?»

«Sì, signora, ho qualche soldo ma io avrei bisogno di portare il dottore fino a casa, per fargli vedere la bambina.»

«Dove abitate?»

«A Terzo di Mezzo.»

«E ce l'avete un mezzo per portare il dottore fino là abbasso?»

«No, signora.»

«Ah, che belle pretese tenete, voialtri. Comunque queste sono cose che non mi competono. Sentite che vi dice il dottore e statevi bene.»

Consiglio rimase seduto sulle scale e cominciò a pensare a una dozzina di vaghe parole, tutte in fila, che avrebbe dovuto dire al dottore, per convincerlo a seguirlo a piedi fin laggiù. Di là dalle scale gli giungevano le voci dei passanti. Le contava una per una, cento volte, per allontanare i fantasmi che da ogni parte l'assalivano. Ogni tanto giungevano le grida di qualche ragazzino che prendendo la rincorsa nella piazzetta finiva a terra assieme alla cumeta. Consiglio ignorava cosa fossero esattamente i mali dei bambini perché era sempre stato compito della moglie occuparsene, sapeva solo che anni prima aveva rischiato di perdere Gianni, il suo terzogenito, che era nato livido e con gli occhi chiusi come quelli di un cavallino in miniera. Soltanto le mosse sicure della levatrice erano riuscite a riportarlo in vita, le gittate di acqua fredda sul viso, gli scuotimenti del corpicino. Quegli scuotimenti. Gianni li avrebbe ripetuti anche negli anni a seguire, negli attacchi che arrivavano come scariche elettriche, sempre all'improvviso e sempre dopo un breve tremore. I lampi di luce che ogni volta riferiva di aver visto lo avrebbero accompagnato per tutta la vita, che si sarebbe arrestata di colpo alla soglia dei quarant'anni.

Paglia arrivò a mezzogiorno, in grande affanno per il gran numero di visite che aveva dovuto fare fino ad allora.

«Chi siete?» domandò a Consiglio, appena ne scorse il corpaccione sugli scalini.

«Consiglio Parisi» rispose lui, ed era la seconda volta che quella mattina diceva il suo nome.

«Tanto piacere, ma che volete? Non fatemi perdere tempo che sono stanco e ho fretta.»

Consiglio esitò, non voleva sbagliare le parole, benché le avesse ripetute più volte nelle tre ore in cui aveva atteso.

«Allora?» incalzò Paglia.

«Dottore, è per mia figlia Mariuccia. Sta molto male.»

«Ma cadete tutti a pezzi in questo paese? Solo stamattina sono entrato in dieci case. Decidetevi a lasciarlo questo buco malarico, prima che vi mangi vivi. Sentiamo, che ha vostra figlia?»

«Non riesce a ingoiare niente, si tiene la mano intorno alla gola e non parla.»

«Avanti, fatemela vedere, dov'è?»

«È a casa, con sua madre. Non era prudente portarla a piedi in paese, noi abitiamo a Terzo di Mezzo.»

«Andiamo bene. Quindi secondo voi dovrei venire a piedi fin laggiù per visitarla?»

«Non c'è altro modo, non so come fare.»

«Le visite in località lontane si pagano il doppio, lo sapete?»

«Non vi preoccupate, vi darò quanto chiedete.»

«Il doppio di quanto prenderei per una visita in paese. Ce li avete i soldi?»

«Sì, dottore.»

«Bene. Datemi il tempo di prendere qualche medicina nello studio e andiamo.»

Il tragitto del ritorno fu per Consiglio molto più agevole che alla mattina, non tanto perché la strada prima in salita era ora evidentemente in discesa, quanto per la presenza del dottore che avrebbe senz'altro saputo affrontare il pericolo che gravava su Mariuccia. D'altronde, un medico è un po' come la mano di Dio, pensava, che si posa sulle teste dei sofferenti e li sana riuscendo a guardare nel corpo, nei recessi in cui l'uomo comune non può mai entrare.

Così perso fra questi pensieri, senza giaccone e con le maniche della camicia rimboccate, Consiglio si sentì pervadere da una benefica sensazione; «Tutto si aggiusta» disse in tono quasi oracolare, senza rivolgersi a qualcuno in particolare, solo al vuoto di fronte a sé. Paglia, che gli faticava dietro per tenere il passo, gli chiese più di una volta di fermarsi per riprendere fiato, ma Consiglio non sentiva niente. In meno di un'ora giunsero a casa e Custoda, che aveva trascorso la mattinata fra il capezzale di Mariuccia e la soglia di casa, era lì ad attenderli.

«Come sta?» le chiese il marito.

«Sempre peggio» rispose lei, guardando il dottore.

Appena entrato in casa, Paglia storse il naso per il puzzo di fumo che lo investì. Non era abituato ai caminetti, li detestava, ritenendo assai più igieniche e sicure le stufe in maiolica, come quelle che non si vedevano mai nelle case dei bifolchi. Mariuccia giaceva sulle due sedioline di paglia, un rivo tiepido le colava dagli occhi fino al collo, bagnandole la camicia da notte. Il medico si chinò sopra quel corpo, gli altri intorno attendevano.

«Si tratta di groppo alla gola» disse togliendosi lo stetoscopio, appena ebbe chiaro il quadro.

«È grave, dottore?» gli chiese Consiglio, che pure di groppi in gola ne aveva avuti ma gli era bastato scioglierli in un pianto, di nascosto da tutti.

«Il groppo può avere tanto un decorso benigno quanto l'esatto contrario. Non possiamo sapere se quello di vostra figlia è benigno o meno. Nel dubbio, bisogna portarla all'ospedale. Sapete come arrivarci?»

«Bisogna salire a piedi fino alla piazzola dello spaccio. Il proprietario dell'emporio ha una macchina a noleggio, gli chiederò di portarci fino in città» rispose Consiglio, poi domandò: «Secondo voi la bambina può affrontare un viaggio tanto lungo?».

«Le farò un'iniezione per farglielo affrontare meglio, di più non posso fare. Io vi accompagnerò fino alla piazzola poi proseguirò per Alento, che ho avuto una giornataccia oggi. Cadete tutti a pezzi in questo paese.»

«Quanto vi dobbiamo per il disturbo?» gli chiese Consiglio, lasciandosi sfuggire un'occhiata nervosa.

«Passate domani dallo studio e facciamo i conti,» rispose Paglia, mentre tirava fuori dalla borsa una siringa e una scatola di medicinali, poi disse «preparate la bambina.»

Consiglio si avvicinò a Mariuccia e la tirò su prendendola come si prendono i gatti. La bambina tremava e non poteva parlare. Custoda si precipitò a prendere Mariuccia dalle braccia del padre.

«Sta' su,» le disse «il dottore ora ti farà un'iniezione e starai subito meglio.»

Paglia diede uno strattone al braccio di Mariuccia per liberarlo della manica, ne strofinò una parte con l'ovatta imbevuta d'alcol e infilò l'ago nella prima venuzza che gli parve adatta. Mariuccia vacillò, ma solo un poco. Tolto l'ago, Custoda se la strinse fra le braccia e l'avvolse in una coperta. Dopodiché guardò il marito, «Vengo anche io» gli disse, e lui non obiettò.

Poco dopo s'incamminarono verso l'emporio, in silenzio. Paglia si teneva davanti a passo spedito, i Parisi appena dietro, Mariuccia in braccio alla mamma.

La strada era un deserto petroso interrotto solo da qualche sentiero di foglie morte. Di tanto in tanto una forca di selci brunastre si sporgeva a salutare, ma nessuno ci faceva caso. Paglia all'improvviso sputò un enorme scaracchio e maledisse l'insetto che volando controvento gli era finito in bocca.

Fu a pochi passi dallo spaccio che Custoda sentì un lamento, un gemito debole come di chi è troppo stanco per gemere più forte. Posò gli occhi su Mariuccia: una lamella di luce la colpiva in testa, le labbra inaridite erano serrate. Come per un impulso le toccò il viso, poi prese le guance e le tirò «Mariuccia, Mariuccia svegliati».

La bambina non si mosse.

«Dottore, non respira più» gridò Custoda, e si inginocchiò a terra con la bambina fra le braccia.

Paglia si voltò atterrito, tutte a lui dovevano capitare quel giorno. Si avvicinò alla bambina, la scosse una o due volte, poi la liberò dalla coperta che l'avvolgeva. Le posò l'orecchio sul petto e non era più rotto dal respiro scomposto di prima; le posò l'orecchio sulla bocca e il sibilo del fiato era sparito. Sotto la manica della camiciola, nel punto esatto dove era stata fatta l'iniezione, il braccio si era gonfiato e aveva premuto contro le trame della stoffa; allo stesso modo il piccolo petto.

Mariuccia era morta, constatò Paglia, ma non di groppo alla gola.

Improvvisa calò la notte sui Parisi. La bambina era ancora fra le braccia della mamma che se la teneva stretta, come a voler incorporare la carne della figlia alla sua, quando Consiglio gliela strappò e, prendendola per i piccoli fianchi, la pose a una precisa distanza dai suoi occhi, come faceva la mattina con il giornale. Reclinò la testa prima da un lato poi dall'altro e no, nel volto crinato di Mariuccia non c'era la morte, non era nemmeno livida, assomigliava piuttosto a un soffione che avesse appena disperso al vento la sua grazia offesa e perciò sembrava spenta.

«Custoda, non è morta! Mariuccia non è morta! Fa finta perché è una furbetta. Custoda, mi senti? Mariuccia è viva. Vuole farmi scemo per avere la cioccolata. Mariuccia, apri gli occhi, papà te la dà la cioccolata. Custoda, dicincello tu, a te ti crede... Guardate pure voi, dottore. Dove siete? Mariuccia è viva, venite a vedere.»

Con lo sguardo rivolto a terra Paglia si era fatto da parte e, appena al riparo dagli occhi degli altri, aprì la sua borsa. Fra lo stetoscopio e la boccetta d'alcol vi erano due scatole di medicinali, quasi identiche, una di analgesici presa al volo nello studio e l'altra di digitale per gli scompensi cardiaci. Le controllò entrambe e quella degli analgesici era intatta come quando l'aveva messa in borsa. Aveva sbagliato scatola. A Mariuccia aveva fatto un'iniezione di digitale che l'aveva stroncata. Con lo sguardo sempre rivolto a terra si avvicinò a Consiglio, che intanto si era accasciato al suolo con il corpicino della figlia steso davanti. Custoda, nel mezzo della strada, era rimasta inginocchiata, le braccia appese, di pietra proprio.

«Signor Parisi, devo dirvi una cosa.»

«Dottore, guardate anche voi: Mariuccia fa le estrosità, è furba.»

«No, Parisi, la bambina non finge. Statemi a sentire: ho fatto a vostra figlia un'iniezione sbagliata, ho confuso le scatole delle fiale, erano quasi uguali, nuove tutte e due, e insomma la digitale le avrà provocato un infarto. Non so che dirvi, mi dispiace.»

«Non ho capito, dottore. Che avete detto?»

«Ero molto stanco, stamattina. Cadete tutti a pezzi in questo paese. Ho fatto un'iniezione per un'altra alla bambina. Una distrazione, ecco tutto.»

«Una distrazione?»

«Sì, non penserete mica che l'abbia fatto apposta? È stato un errore, causato dalla stanchezza e dal buio, perché – dovete ammetterlo – in casa vostra non c'è nemmeno la luce, abitate al piano terra e state ancora con le lanterne. Come le bestie.»

Come le bestie. Aveva detto proprio così. Consiglio lentamente si alzò e gli si mise davanti.

«Potete ripetere?»

«Ma siete sordo? Ho detto che se voialtri non viveste come le bestie, senza luce e senza la grazia di Dio, io non avrei confuso le fiale. Ecco cosa ho detto. Oh basta, fate quello che volete» e con un movimento brusco fece per andarsene.

Fu a quel punto che Consiglio sentì di non riuscire più a governare non solo i pensieri, ma nemmeno i gesti. Si gettò al collo del medico mettendogli il volto contro il volto ed opprimendolo con tutta la mole delle carni, con un impeto così scomposto che Paglia ne rimase atterrito.

«Che volete fare, uccidermi?»

«Avete ucciso mia figlia.»

«Potevo anche non dirvi dell'iniezione sbagliata. Non l'avreste mai saputo. Apprezzate almeno l'onestà.»

«L'onestà? Avete ucciso mia figlia.»

«Sono stato onesto a dirvelo. Potevo far finta di niente e dirvi che vostra figlia era morta di groppo alla gola. Ci avreste creduto, ve lo facevo credere.»

«Restituitemi mia figlia, maledetto. Chi mi ripaga di una figlia morta, chi mi ripaga?»

«Ah, ho capito. Volete soldi. I poveracci accomodano tutto con un gruzzolo di monete. Quanto volete? Ditemelo e facciamola finita, che oggi ho avuto una giornataccia.»

«Io vi denuncio alla legge, dottore, altro che gruzzolo di monete. Io vi denuncio.»

«Fate quello che volete, ve l'ho già detto. Sarà la mia parola contro la vostra. Ma sappiate che io non ammetterò niente e voi non avete testimoni. Io, al contrario, ho almeno due o tre colleghi che mi devono dei piaceri. Testimonieranno a mio favore sulla morte di vostra figlia, in qualsiasi momento.»

«Qui non c'è nessuno, ci siamo solo noi. Chi può testimoniare il falso a vostro favore?»

«Come siete ingenuo! Io sono un medico, un luminare, nato in una famiglia di medici temuta e rispettata. Voi invece siete solo un fesso, figlio di fessi e padre di altrettanti fessi. Alla gente come voi non si dà retta nelle piazze, figuriamoci nei tribunali.»

La mente di Consiglio per un istante si annebbiò. Non avrebbe saputo dire come, ma all'improvviso si ritrovò preda di un barbaglio di memoria che lo portò a qualche anno prima, a quando la moglie fu coinvolta nel processo per la terra di Micchetto. Custoda aveva sempre detto che la testimonianza che l'aveva inchiodata era falsa, una plateale menzogna, ma lui non le aveva creduto, perlomeno così le aveva detto.

«La legge è al di sopra di tutto, caro dottore, anche dei luminari e delle famiglie potenti. Non ve la caverete» e lo disse tutto d'un fiato, senza pesare le parole, ma sapeva che era falso anche questo.

«Ah, ah, ah,» e a ognuno di quegli ah Paglia aumentò il tono della voce «la legge è fatta dagli uomini per gli uomini, non da un Dio celeste disinteressato alle cose della terra. E siccome tutti gli uomini hanno un prezzo, carissimo Parisi, basterà solo stabilire il *quantum*.»

Consiglio colse perfettamente l'avvertimento sotto le parole. Si guardò intorno, come per riprendere fiato, e si fissò sul piccolo sentiero di ghiaia che rasentava la strada e conduceva alla masseria del cugino Pietro. Poco più in là, quasi nascosto, c'era un salice bianco a cui si era avvinta dell'edera prendendone il colore. Ogni volta che andava a fare visita al cugino si fermava a guardarlo. Si diceva che il salice avesse curato i malati e i feriti della Grande guerra tornati in paese, accogliendo poi nella sua terra quelli che non erano sopravvissuti. L'edera allora lo aveva cinto e, stretti così, avevano imparato a resistere insieme, avvinti anche nell'oscurità; di sera li si vedeva dormire la stanchezza comune.

«Andatevene, dottore, sparite. Ai fessi come me nessuno darà mai retta, nemmeno la legge, avete ragione. Ma a quelli come voi sarà la storia a chiedere il conto.»

Consiglio non aveva ben chiaro che cosa avesse voluto dire con quelle tre frasi costruite con il minimo di parole necessarie, ma il suono che avevano fatto gli era piaciuto. Si volse verso la moglie, che era rimasta immobile lì dove l'aveva lasciata, poi guardò il corpicino della figlia, striato da un ultimo raggio di sole, ma ormai consegnato a un'eternità di morte. Lo sollevò da terra raccogliendolo nella coperta che sembrava trattenere ancora calore, e si avvicinò alla moglie. Custoda lo guardò e in quello sguardo vi erano secoli di dolore inghiottito senza sapere come. Lui le tese una mano, lei la prese. Entrambi in piedi, si abbracciarono. Non lo avevano mai fatto, nemmeno nei momenti d'intimità necessaria, consumati in fretta e solo per farsi caldo in quelle notti che non passavano mai. Ora però, nel dolore che li attanagliava, potevano pure lasciarsi andare, perché quel tipo di contatto non faceva più vergogna. Così abbracciati mentre abbracciavano la figlia – nemmeno i figli avevano mai abbracciato, popolando di solitudini la loro vita – lentamente s'incamminarono verso casa. Il sole era chiaramente ammattito perché di nuovo spuntò e solo per accompagnarli.

# Estella

Manca poco alle nove. La pendola manda un ticchettio assonnato, più lento del solito. Nell'attesa, sfoglio un vecchio calendario, pieno di fotografie d'epoca che riproducono scorci del paese quando non era ancora un ammasso di pietre, quando c'erano gli abitanti e io stavo per tornare, rinunciando per sempre a percepire il mondo là fuori.

In una di queste fotografie sbiadite è ritratta la piazza, con il suo grande olmo, e la chiesa con la facciata ancora intatta. La mattina era bella ma la grande piazza s'era già trasformata in un acquitrino: la terra cadeva e cadeva da tempo. Le poche case intorno alla piazza hanno facce già screpolate dal vento che qui non è mai mancato. Sullo sfondo, al limitare della piazza, si intravede l'emporio di Maccabeo e, seduto fuori dal negozio, proprio lui, piccolo in lontananza, infaticabile, mentre appunta qualcosa su uno dei suoi libroni contabili.

Quando tornai al paese la saracinesca dell'emporio era già abbassata e piena di ruggine; Maccabeo era diventato vecchio ma non aveva smesso di aspettare il ritorno dei figli.

Il ritorno. Il mio lo pensavo come un tuffo in fiume, che non sapevo tranquillo. Poi però il cielo guardò giù dolcemente e io per un po' ebbi una famiglia che si sostituì ai miei ricordi mancati e fece tranquillo il fiume in cui mi tuffai senza pensarci, con le piccole spinte dell'acqua che mi tenevano su. Ora che ogni cosa è compiuta, so che in quel fiume sono rimasta.

Se mi guardo intorno si propaga in me la notte con il suo pauroso corteggio di ombre, e ogni volta, ogni volta non mi lascia facilmente. È in quei momenti che mi chiedo, come per un conforto, se ci fu il paese o se il paese fu un sogno, se fu solo una magica impostura. Ma, seppure impreciso nella memoria, so che è esistito e perdura e vaga lento nella luce che è restata, una luce di patina greco-antica che colpisce le facciate crollate, i ciglioni delle vie franate, il cimitero dei solitari e molti, sparsi in sparse fosse dilatate.

Quando arriveranno li accoglierò con un «Ooh», come fossi sorpresa di vederli, come se la visita fosse inattesa. Da principio non baderanno a me e cercheranno di guardare fuori, per frugare con lo sguardo il vecchio olmo nella piazza, che è una macchia di verde smisurata, una furia capelluta e scarmigliata che si offre alla vista come un luogotenente del tempo. La luna intanto avrà già liberato i suoi raggi che entreranno dai cretti della finestra, e la polvere illuminata dalle candele li renderà visibili. In quel momento, nel silenzio che darà forma alla rivelazione, si alzerà il vento ma come un fiato che nessuno sente. Anno dopo anno, i fatti si susseguono esattamente in questo ordine; anche la mia trepidazione che precede il momento non si attenua mai. Ora, per esempio, fumerei volentieri una pipa, se fumassi.

# Maccabeo

Alento non era solo la terra dei contadini che solitari affondavano il rastrello nei loro piccoli campi; oppure dei pochi signori del posto che vivevano distaccati dagli altri. In paese vi erano anche gli industrianti e certi altri fittavoli, che conducevano i loro affari investendo e costruendo, malgrado la terra sotto i loro piedi digradasse come un fianco di monte.

Il vecchio Vincenzo Maccabei – per tutti e per sempre Maccabeo – era uno degli industrianti. Svelto e infaticabile, aveva iniziato con un commercio di tessuti e oggetti d'oro, e da subito le cose gli erano andate bene. Il negozio che aprì in paese prosperò in maniera inaspettata, e così poté allargarsi aprendone un altro sul retro, dal quale cominciò il commercio di vasi da notte, fazzoletti e cucchiaini.

Le attività commerciali costano sacrifici, ma fruttano rispettabilità e denaro. A Maccabeo fruttarono anche l'ampliamento delle prospettive, ora che i suoi due figli erano cresciuti e le loro strade stavano per definirsi.

Antonio, il primogenito, aveva il pallino del commercio e la sua attitudine a parlare a vanvera avrebbe presto portato ai risultati sperati. Luchino, invece, studiava e viveva nel capoluogo, stando a dozzina nella lussuosa casa della signora Iolanda, originaria di Alento. Il ragazzo, che mandava a casa sue notizie con regolarità, nel giro di un anno avrebbe conseguito il diploma; poi, indirizzato anche dal fratello, avrebbe affinato il fiuto per gli affari e di sicuro li avrebbe fatti prosperare, dal momento che nessun altro degli industrianti di Alento aveva studiato come e quanto lui.

«Una casa con dei figli così è una casa ricca» diceva Maccabeo alla moglie, quando la sera sprofondava nella sua poltrona damascata e tutto amore familiare leggeva e rileggeva le cartoline inviate da Luchino, gli occhi fervidi come davanti a un giornalino illustrato.

«Chiede altri soldi?» domandava lei, con quel tanto di distacco e rassegnazione che irritava Maccabeo, il quale al contrario della moglie era gonfio d'orgoglio per le notizie ricevute, e in ogni caso soddisfatto.

«Sì, ma che c'entra? Vivere nel capoluogo non è come vivere ad Alento, ci sono spese. Tu, mia cara, spiace dirlo, hai uno spirito impoverito, non sai cosa voglia dire avere iniziativa, ignori l'importanza del farsi apprezzare dagli altri. Se Luchino spende i suoi soldi in camparini e cicchetti per gli amici, faccio per dire, ciò gli tornerà utile in prospettiva. I cicchetti offerti oggi agli amici sono una carta di rispettabilità per domani.»

«Io dico che dovresti controllarlo di più» lo interrompeva lei, tagliando corto e piena di noia.

Anna Maccabeo aveva antica e durevole fiducia nella predestinazione. Le trappole, secondo la sua esperienza, erano già abbastanza numerose nella conduzione degli affari, nelle parole del "fare", persino negli oggetti venuti da fuori e venduti agli zappaterra come incantamenti, anche se erano vasi da notte, tanto più se erano vasi da notte. Non proveniva da una famiglia di poveracci, questo no; le scarpe ai piedi i suoi familiari le avevano sempre avute, scarpe signorili che facevano un leggero scalpiccio; purtuttavia, nessuno poteva convincerla che il posto di ognuno non fosse quello assegnato dal destino. Che si rivela sin dalla nascita, una volta che questa avviene in un certo luogo e non in un altro; perciò era segnato all'origine il percorso di un giovane nato ad Alento – da padre zappaterra o commerciante, era uguale – rispetto a quello di un coetaneo nato, seppure in abiti modesti, a Roma, a Parigi, addirittura a Nuova York! Come ben dimostravano le rotte dell'emigrazione che seguivano sempre e solo una direzione: da Alento verso l'ignoto e non il contrario, il che voleva pur dire qualcosa.

«Oh mia cara, non ti riesce proprio di non vedere tutto nero?» le diceva Maccabeo, portandosi le mani grassottelle al viso, mani che avevano la pelle fine, come lui stesso non mancava di far notare. «Forse io sono rimasto a vangare la terra come mio padre? Ho avuto coraggio e il miracolo che mi ha strappato alla terra è avvenuto grazie alla mia intelligenza, all'intraprendenza che non mi manca.»

«L'intraprendenza di vendere vasi da notte?» gli diceva lei, come per finirlo.

«Quelli pure servono, mia cara. Non dimenticare che vendo anche cucchiaini d'argento» rispondeva

Maccabeo, nemmeno un po' offeso. «Il punto però è un altro,» riprendeva tranquillo, due volte tranquillo, portandosi le mani sul ventre, appena rotondo di gonfiore «ho sempre creduto che se con la terra ci campano gli uccelli del cielo non per questo avrei dovuto camparci io. Così, quando al mattino esco di casa ben vestito e allungo il passo verso la piazza; quando varco la soglia dei miei negozi e penso a chi è rimasto dietro, là dove ero io, mi stringo nella mia giacca senza rattoppi e respiro beatamente.»

«Che sia andata bene a te non significa che andrà bene ai tuoi figli» gli diceva lei, dandosi dei piccoli e inutili colpi sulle gambe, tanto per fare qualcosa. «I tempi sono cambiati. Lontano da qui si sta combattendo una guerra, ma sembri ignorarlo. Presto anche i tuoi ragazzi verranno chiamati.»

«Hai detto bene: la guerra è lontana. È un fatto di Stati e di motivi nascosti che non ci riguardano. Meno che mai riguardano Antonio e Luchino. Sono nostri i figli, non sono della guerra. E ci mancherebbe altro: li abbiamo forse cresciuti per una guerra? Io ho indirizzato il loro sguardo oltre le rupi, verso il mare, verso il progresso. Perciò non seguitare nel tuo disfattismo, che porta anche male.»

«La guerra è un fatto di tutti. Lo provano le cartoline di chiamata che arrivano pure quaggiù, per ricordarcelo» concludeva lei, ogni volta più rapida nel mostrare la tempra del suo animo rassegnato e perciò soddisfatto, mentre si preparava ad andarsene a letto, lasciando il marito ai suoi inutili discorsi.

«Il progresso non si ferma, nemmeno se altrove si

combatte una guerra» si accalorava in un ultimo fuoco il povero Maccabeo, senza accorgersi che la moglie non c'era più. «Corre e corre su binari imprevedibili, rischiosi a volte, ma lanciati nella modernità. Mi ascolti? I miei figli, oltre ad aver preso da me intelligenza e intraprendenza, hanno studiato, conoscono le insidie che si nascondono sotto le parole. Vedrai, mia cara, avranno la strada spianata. Vedrai...» e così dicendo, come se avesse avuto entrambi i figli davanti, sorrideva e annuiva, due braccia aperte in larghi gesti benedicenti.

Vincenzo Maccabei guardava avanti con la forza di una primavera costante, seguendo la sua strada e percorrendola meglio che poteva.

Nel suo progredire non si erano mai presentate difficoltà che fossero insormontabili e non si erano presentate perché non aveva fatto affidamento sugli altri, meno che mai sulla sorte. La sua principale risorsa era sempre stata rappresentata da lui stesso; del suo destino si era fatto padrone e mai, proprio mai, sottoposto. E siccome il mondo è di chi sa conquistarselo, lui aveva cominciato da Alento – un avamposto di confine, una grancassa posata su un piano erboso destinata a dissolversi nella terra – ma i suoi figli avrebbero proseguito ben oltre, bisognava solo dar loro il tempo.

Taranto, 14 aprile 1916
Carissimo padre,
con la presente vi assicuro dell'ottimo stato della mia salute, altrettanto mi auguro di voi tutti. Di mio fra-

tello non ho più saputo se fa gli esami oppure no, ditemi voi qualcosa. Seppi da Napoli che vi era stato spedito un campione di vasi da notte, l'avete ricevuto? Per le tele petti se mi riesce le manderò. Badate che i prezzi su tutti gli articoli sono in aumento straordinario. Io sono in compagnia di molti negozianti grossisti e mi fanno stare al corrente di tutto. Chi lo sa se riusciremo a farci insieme la Pasqua, voglio augurarmi di sì. Saluto e bacio caramente tutti.

Aff.mo figlio Antonio

Taranto, 25 aprile 1916
Carissimo padre,
ieri da Napoli vi inviai una mia, credo che l'abbiate già ricevuta. Vidi anche Luchino alla stazione di Salerno e lo trovai che stava proprio bene, elegantissimo. Non vi dispiacete se la pensa a suo modo, non starà ancora a lungo a Salerno. Basterebbe che studiasse, mi sono tanto raccomandato a voce, non temete. Se consuma qualcosa in più fingete di averla mandata a me, mentre io mi adatto. Io sono arrivato qui stamane, dopo un ottimo viaggio. Dite alla mamma che stesse senza alcun pensiero.

Saluto e bacio voi tutti.
Aff.mo figlio Antonio

Taranto, 12 maggio 1916
Carissimo padre,
ho ricevuto la vostra lettera e con piacere apprendo che state tutti bene. Quanto a me, Taranto non è più zona di guerra, a noi soldati hanno tolto la mezza lira al giorno

e ci danno due soldi come prima. Vino non ne danno più e anche il rancio è ridotto. Per la corrispondenza giornaliera ci vogliono almeno dieci soldi. Mi perdonerete se al momento non potrò scrivervi tutti i giorni. Se mi concedono la licenza potrei essere da voi il 15 del mese corrente. Alla mia venuta incontreremo la persona di Salerno e vedremo se è il caso di chiudere l'affare.

Saluto e bacio tutti.

Aff.mo figlio Antonio

Taranto, 31 luglio 1916

Carissimo padre,

il 2 agosto ricorrerà la mia nascita, vi raccomando di essere allegri e passare il giorno come se io fossi in casa. Vi prego di fare una nota di quanto occorre in merceria, guardate nei bottoni e vedete quali mancano, perché aspetto un viaggiatore da Napoli e vorrei passargli la commissione. Fatemi sapere se il barone La Rocca si trattiene ad Alento come mi fu detto quando fui costà. Informatevene. Avete ricevuto le ghirlande? Se avete occasione di vedere il compare Ermenegildo, ditegli che lui e la sorella possono tenere pronto il denaro.

Abbraccio e bacio caramente tutti.

Aff.mo figlio Antonio

Taranto, 26 agosto 1916

Carissimo padre,

con la presente vi assicuro che sto benissimo, parimenti voglio augurarmi di tutti voi. Come arrivai a Taranto mi informai se i nostri paesani, che facevano parte del 63 e 64, fossero ancora qui. Mi fu assicurato che son partiti.

Assicurate alla Palmieri che il pacchetto che mi ha consegnato per suo marito glielo darò non appena lo vedrò. Dite invece alla signora Maria che non ho potuto consegnare la lettera a Tanino perché l'ho trovato già partito. Non sapete quanto sono dispiaciuto che mio fratello non possa fare gli esami, ma io me lo figuravo che erano tutte chiacchiere quelle che ci raccontava. Non mi prolungo più. Prima che ottenga la licenza vi scriverò di nuovo.

Aff.mo figlio Antonio

Taranto, 28 settembre 1916
Carissimo padre,
domenica scorsa vi inviai una mia e vi dissi di aver spedito il pacco di fazzoletti. Quel pacco però non lo mandai più, quindi non state in pensiero se non vi è pervenuto. Ho ricevuto la cartolina con le notizie su Luchino. Ho provato gran piacere nel leggere che è stato assegnato al terzo Genio e specie che se ne va a Firenze. Mi auguro che faccia gli esami e sappia fare il suo dovere. Io sto bene come spero di voi tutti.

Aff.mo figlio Antonio

Taranto, Batteria Ciuria, 14 novembre 1916
Carissimo padre,
eccomi a rispondere alla vostra ultima. Lo so benissimo che siete stati ad aspettarmi ogni giorno, ma cosa volete che facessi? Non sono venuto finora perché si aspetta che rientrino quelli che partirono con la licen-

za agricola. Di altre cose vi parlerò alla mia venuta. Forse sarò costà il 20 corrente o il 24. Lo so che sono stati chiamati altri sotto le armi, però non v'impressionate: non è che li chiamano perché ci sono state perdite, ma perché si debbono creare nuove batterie e piazzarle nelle posizioni conquistate per rafforzarci e non lasciare mai un palmo di terreno già preso, ecco tutto. Alla mia venuta parleremo di tante cose e assoderemo varie pendenze. Voglio augurarmi che nel frattempo abbiate incassato una buona somma: credito fatene pochissimo e solo a quei tali che sono meritevoli.

Bacio tutti abbracciandovi,
vostro figlio Antonio

Così era accaduto. Due soli colpi alla porta, un mattino come tanti, e la guerra entrò anche in casa di Maccabeo. Fu una botta durissima. Tutti i mezzi per scongiurare la partenza vennero tentati, senza nessun frutto. Maccabeo aveva persino cercato di imboscarli, prima l'uno poi l'altro, nonostante l'onta che ne sarebbe venuta. Ma il vecchio non temeva quel tipo di vergogna, dal momento che disertare il fronte – un fronte che ad Alento nessuno aveva mai sentito nominare – era un atto legittimo, quasi doveroso. Aveva forse cresciuto i suoi figli per mandarli a morire lontano da casa? Li aveva allevati a pane bianco e carne – parecchia carne, a saziare una fame vecchia che era più la sua – per una fantomatica patria che fino ad allora nemmeno aveva sospettato che esistesse Alento? Era troppo comodo scoprire solo ora quel buco di mondo, per farne una riserva di giovani carni da mandare al macello.

Poche volte in vita sua Maccabeo aveva pronunciato la parola Italia e mai gli era riuscito di sentirsene parte. Si sentiva parte, invece, della vita dei suoi figlioli, che aveva tirato su bene e li aveva avviati per gli studi, aspettando il miracolo di vederli percorrere sicuri la via del progresso, davanti ai suoi passi ormai di vecchio. Ecco che ora la patria, terra di padri che non erano i suoi, veniva a guastargli il cammino tracciato.

Partì per primo Antonio, destinato alla piazza marittima di Taranto, dove rimase per un anno; in seguito fu inviato al fronte.

La partenza di Luchino, di poco successiva, fu preceduta da una rivelazione che per il vecchio Maccabeo fu quasi più dolorosa della minaccia del fronte. Suo figlio, il figlio tanto dotato sul quale aveva poggiato gran parte delle sue aspettative, il suo Luchino che aveva superato il ginnasio con grandissime lodi e poi aveva proseguito senza un intoppo, proprio lui aveva deciso di colpo di interrompere gli studi, senza farne parola con nessuno, meno che mai con suo padre. E non era tutto: le assicurate che nell'ultimo anno Maccabeo gli aveva inviato perché facesse bella figura con gli amici cittadini gli erano servite solo per dedicarsi alle donne e alla sbornia personale. A un certo punto aveva anche smesso di pagare il dovuto per la casa alla signora Iolanda.

Quando Luchino confessò il suo torto, Maccabeo avvertì il sangue corrergli fino agli occhi che si alzarono al cielo come per uno spasmo, poi per qualche istante il suo cuore non pompò più. Per non cadere si aggrappò alla

moglie, che si avvalse di quel momento per cominciare a gettargli addosso il primo dei suoi terribili «Te lo
avevo detto».

Maccabeo non si arrese subito perché poteva darsi che Luchino si fosse lasciato distrarre da qualcuno
di quegli sperduti che venivano dai paesi e vedevano
il mondo per la prima volta. Una cattiva compagnia –
lui lo aveva sempre creduto – può infestare un'esistenza promettente peggio della cattiva pianta in un buon
seminato. Qualche settimana di riposo nel tepore della
sua casa, al riparo dalle tentazioni, gli avrebbe certamente giovato; un mese, al massimo due, di vita sana
cibo genuino e affetto paterno lo avrebbero incammi-
nato verso il ravvedimento. Luchino non doveva fare
altro che riprendere i suoi studi, al resto avrebbe pensato
Maccabeo, tanto più che dopo la partenza di Antonio
non gli restava che lui.

Solo che a bruciapelo arrivò la chiamata anche per
Luchino, su due fogli spiegazzati: la patria lo chiamava, anche se era poco più di un giovanetto, lo chiamava
proprio per mandarlo a morire.

Divorato dall'ansia, Maccabeo non poté fare altro che
accettare quanto stava accadendo. Partiti entrambi i figli,
le giornate si fecero corte, il vento e la pioggia d'autunno
cominciarono a rovistare la campagna in riposo. Maccabeo affannava alla finestra e si sorprese a fissare gli alberi
senza foglie. Erano anni che aveva smesso di far caso al
mutare delle stagioni, perché il suo lavoro non risentiva
dei cicli della natura, della grandine o delle tempeste.
Molti anni di vita al chiuso della sua attività gli avevano dato un ragionamento infallibile, breve e logico, per

niente condizionato dall'imponderabile; un ragionamento che poteva racchiudersi in una sola parola: "fare". Ora però aveva saputo che i figli dei Molzone sarebbero rimasti ad Alento perché erano agricoltori, e i figli dei Corlano anche. Tutti zappaterra. Tutti congedati.

Sul *Giornale della Provincia* un anonimo corsivista aveva scritto che *se non esistesse (e sarebbe tanto di guadagnato per noi e per l'erario dello Stato) quel grazioso servizio pubblico che addimandasi Postelegrafonico il nostro mite, paziente e tre volte buono pubblico indigeno non si accorgerebbe che la nazione è in guerra. Dov'è infatti il fragore d'armi e d'armati, dove il rullare delle colonne di autocarri, dove i pesanti carreggi di formidabili batterie?*

Maccabeo leggeva e rileggeva quel corsivo, anche a distanza di tempo. Le lettere di Antonio arrivavano con una certa regolarità, e niente parlava di guerra in quelle cartoline spedite in franchigia che erano come messaggi dal nulla. Egli provava a leggere fra le righe sapendo che erano censurate, ma pur sforzandosi non gli riusciva di leggervi altro che le ambasce di Antonio per gli affari mancanti e per la lontananza da casa.

La guerra si avvicinava di colpo soltanto quando arrivavano i telegrammi che davano notizia dei caduti, ma lo sgomento durava un attimo, perché niente a ben guardare sembrava cambiato, il cibo per esempio non mancava. E anche quando era il *Giornale della Provincia* ad annunciare le disfatte e a fare un conto dei morti, come potevano sembrare vere quelle notizie messe di fianco alla pubblicità di un parrucchiere che tagliava i capelli alla moda di Parigi, o appena sopra il resoconto del ricevimento per l'onomastico del cavalier Riboldi?

Maccabeo ricordava che nel 1914, al tempo della neutralità, il giornale traboccava di articoli che rifiutavano la guerra. Ora invece anche i più accesi neutralisti ne accettavano le ragioni in nome delle necessità di una patria incarnata dal re intorno al quale, si leggeva, bisognava serrarsi. *L'Italia in quest'ora non sente solo il fremito di guerra ma un gran palpito d'amore, che fonde con la sua fiamma gli spiriti, gli intenti, le speranze.* Maccabeo non sentiva palpito d'amore che non fosse per i suoi figli, destinati a morire in un qualche mucchio. Gli intenti e le speranze sue, come pure gli intenti e le speranze di milioni di altri senza volto né nome, non coincidevano con il fremito di guerra: possibile che nessuno avesse il coraggio di dirlo? Forse lo dicevano quei giornalisti che si erano visti censurare gli articoli con ampi spazi bianchi fra le righe; esempi di censura dell'ultima ora esposta senza alcun commento da parte della redazione.

Se la condizione generale era quella di un'unanime accettazione del conflitto, secondo i grandi disegni di conquista degli Stati, Maccabeo restava convinto che il piano della sua personalissima storia, differente e ignorata dai governi, sbatteva contro i piani di una storia più grande, di cui gli sfuggiva il senso, se un senso c'era nel farsi ammazzare o nel morire gelati a centinaia.

Alla confusione che gli turbinava intorno egli rispose con il sonno imminente. Cominciò a prepararsi al silenzio mettendosi in posa dinanzi alla finestra, in attesa delle lettere dei figli. A volte si addormentava in piedi con cuore mansueto. Altre volte teneva gli occhi fissi sul focolare gettandoli in aria, pieni di speranza, a ogni abbaiare di cane: «No, non ci sono cartoline oggi» lo feriva il postino. I giorni senza notizie erano giorni perduti, e Maccabeo scivolava via senza accorgersene. Alla moglie sembrò entrato in un alone di follia; in realtà era diventato un niente lanciato fra la vita e la morte.

Taranto, 2 dicembre 1916
Carissimo padre,
eccomi ad informarvi che godo di buona salute, parimenti voglio augurarmi di voi. Fino ad oggi nulla mi è stato accordato, aspetto a momenti che mi sia concessa la licenza. Che vivere di palpiti, ma pazienza. È stata chiamata la classe del '76 e del '77 terza categoria e a giorni saranno richiamati a visita tutti i riformati dal '76 all'81 e poi pare che siamo al completo con la mobilitazione. Scommetto che in paese non resterà più nessuno. Che bel piacere. Spero di essere con voi per Natale. Facilmente ci sarà anche Luchino nostro. Vi raccomando di voler chiudere un occhio sul passato di mio fratello, tenetelo in considerazione più di me perché lui è così giovane, e poi non si adatta come posso adattarmi io. Pazienza per i suoi capricci del passato. In questi giorni saprete grandi cose sulla guerra, non posso spiegarvi ora.
Saluto tutti,
vostro figlio Antonio

Taranto, 10 marzo 1917
Carissimo padre,
con la presente voglio rassicurarvi che quel vapore che mi accennavate era carico solo di soldati Francesi, quindi

non c'è da fare nessun cattivo pensiero su di me o su Luchino. Se ancora non vi ha scritto, vi scriverà. Ha sempre quel gran difetto di essere trascurato.
Salutovi e baciovi.
Aff.mo figlio Antonio

Taranto, 29 aprile 1917
Carissimo padre,
ricevo vostra pregiata e mi affretto a rispondervi: tranquillizzatevi sulla trascuratezza di mio fratello. Oggi gli scriverò rimproverandolo di non avervi scritto. Gli affari da voi me li immagino malissimo, dato che non me ne date più notizie. Non ve ne preoccupate, non mancherà il tempo di farne. Il necessario è che state bene.
Saluto caramente, baciandovi.
Vostro figlio Antonio

Zona di guerra, 8 maggio 1917
Carissimo padre,
vi invio la presente per assicurarvi sull'ottimo stato della mia salute. Il clima di qua, in questa stagione è bellissimo, siamo circondati da monti candidi. Perché non mi scrivete se avete riscosso l'importo delle cambiali? Lo so che il vostro giudizio è di non far male a nessuno perché tutti sono padri di famiglia, ma calcolateci almeno gli interessi. Datemi altre notizie dei negozi, avete seriamente intenzione di chiuderli? Voglio credere di no. Francamente io li affitterei, se si può ottenere un buon prezzo. Quando potrò vedere il giorno in cui eserciterò di nuovo il mio commercio!

Bisogna solo pregare Iddio di dar fine alla guerra così potrò ritirarmi presto.

Baciovi,

vostro Antonio


Zona di guerra, 3 agosto 1917

Carissimo padre,

ieri sera sono stato in compagnia di Eduarduccio Conza, non potete credere quanto mi è stato gradito l'incontro di un compaesano, come se avessi visto mio fratello. Di Luchino invece nessuna notizia. Siccome chiedete della guerra eccomi qui a dirvi: si abbattono i nemici con coraggio e fermezza, dirimpetto al Monte Santo. Siamo sull'Alto Isonzo, in territorio già una volta nostro che il barbaro nemico ci aveva strappato e che ora è divenuto di bel nuovo nostro.

Inviovi mille baci,

aff.mo Antonio


Zona di guerra, 25 settembre 1917

Carissimi,

dopo un lungo periodo ricevo vostra. Torno a raccomandarvi, in ispecie alla mamma, di non stare preoccupati se non avete più ricevuto notizie di mio fratello. Vi spiego il perché, essendone venuto a conoscenza: dove lui si trova non cì sono state azioni di combattimento e, se pure ci fossero state, lui era in un posto sicuro. La ragione del silenzio è che in quelle montagne non possono trafficare bene i postini. E anche se non ho avuto risposta al telegramma spedito al suo comando, non significa niente. Scriverò all'Ufficio Concentramento di Bologna per

avere notizie. Non fatevi castelli in aria, ve ne prego.
Abbracciovi,
vostro Antonio

Oriolo Romano, 14 gennaio 1918
Carissimo padre,
ieri mi pervennero i due vaglia, grazie del pensiero. Vi
ringrazio anche dell'abbonamento per le 500 sigaret-
te e per i 2 kg di pane. Se ci fosse in casa un paio di
scarpe per poter arrangiare, ne avrei proprio piacere
perché le scarpe che tengo pesano 5 chili tanto sono
piene di chiodi. Comprarle qui non è possibile perché
dovrei spendere 50 lire. Di mio fratello niente ancora.
Da Bologna non mi è mai arrivata la risposta. Sono
agitato perché ogni giorno arrivano brutte notizie sui
militari. Ma non disperate, ve ne prego, parimenti io
non dispero.
Saluto e bacio,
vostro Antonio

Dal fronte, 8 giugno 1918
Carissimo padre,
scusatemi se fino ad oggi nessuna mia vi è pervenuta.
Come va? Qui bene, sempre allegro e mai sgomento,
siate più tranquillo: si è diventati gagliardi guerrieri, da
dirlo a fronte alta, non più da imboscati. In una baracca
sto insieme al capitano, non state in pensiero per me.
Iddio mi guarderà da ogni pericolo, il necessario è che
il secolar nemico venga sconfitto.
Baciovi,
vostro aff.mo Antonio

Dal fronte, 28 giugno 1918
Rispondo alla vostra ultima pregiata. Vi confermo che c'è
stato un bombardamento durato circa 8 ore, tutti incolu-
mi. Sempre allegro e mai sgomento, siate più tranquillo:
si è diventati gagliardi guerrieri, da dirlo a fronte alta,
non più da imboscati.
Antonio

Zona di guerra, 30 agosto 1918
Caro padre,
pervenutami vostra pregiata. A Luchino non ci pensate
più, grande è stato il suo sacrificio per la Patria, ma necessario. Al commercio non interessiamoci più, tanto la
frana si mangia i locali. Sempre allegro e mai sgomento,
siate più tranquillo: si è diventati gagliardi guerrieri, da
dirlo a fronte alta, non più imboscati.
Antonio

Zona di guerra, 18 ottobre 1918
Caro padre,
qui siamo in pieno inverno, piove e nevica, freddo a tutta
forza, ma credo che si stia meglio qua che da voi, data
l'epidemia che corre e i pericoli della frana. Dite che è
crollato un negozio. Pazienza. Sempre allegro e mai sgomento, siate più tranquillo: si è diventati gagliardi guerrieri, da dirlo a fronte alta, non più imboscati.
Antonio

Dal campo della festa, 5 novembre 1918
Caro padre,
ormai sono sprovvisto di cartoline in franchigia per cui

potrò scrivervi sempre di meno. Quando farete dire la messa per Luchino ricordatevi di accendere una candela a nome mio. Sempre allegro e mai sgomento, siate più tranquillo: si è diventati gagliardi guerrieri, da dirlo a fronte alta, non più imboscati.

Antonio

## PARTE TERZA

# La cena

Stretti tutti insieme,
insieme tutta la famiglia morta,
sotto il cipresso fumido che geme,

stretti così come altre sere al foco
(urtava, come un povero, alla porta
il tramontano con brontolìo roco),

piangono. La pupilla umida e pia
ricerca gli altri visi a uno a uno
e forma un'altra lagrima per via.

Giovanni Pascoli, *Il giorno dei morti*

Sono arrivati. Uno dopo l'altro sono entrati e si sono disposti intorno al tavolo. Gedeone è entrato con loro, finalmente calmo, e si è acquattato ai piedi del camino.

Per prima è entrata Lucia Parisi in uno stupefacente abito azzurro increspato appena sotto il seno, la gonna ampia, le maniche a sbuffo, di un azzurro complicato con qualche filo d'argento. Ha una stola di tulle che le cinge il collo, fermata sul davanti da una spilla in filigrana che sembra una farfalla. Così accasata in un delicato lucore, Lucia pare una fiammella di quelle che si vedono nei crepuscoli d'estate, quando vengono le prime stelle.

Per lei, sotto il tovagliolo di macramè, c'è un bel pezzo di cioccolato, avvolto in una stagnola con un fiocco sul lato; intorno, ho sparso uva passita e bacche: spero così di renderle il regalo ancora più gradito.

Di seguito si è fatto avanti Cola Forti. Enorme, quasi omerico ha il panciotto slacciato, aperto sul bianco assoluto della camicia. A guardar meglio si vede che il panciotto non ha i bottoni, che mancano pure dalla camicia. Era sua abitudine strapparli perché non li pativa, ma questa sera, racchiusi in un sacchetto di iuta, li troverà nel suo bicchiere, quando si siederà a tavola.

Con un incedere deciso, come di vecchio combattente, entra ora il buon Maccabeo e, in un secondo scatto, Libera Forti che sembra non aver visto il padre entrato poco prima. Maccabeo conserva una lunga barba incolta, che ratifica un che di trasandato, ma è il più gioioso della compagnia: sorride affettuosamente a Libera che gli sta camminando accanto, poi si volta a guardare gli altri e si vede che abbraccerebbe tutti, se glielo permettessero. Nel corso della cena cercherà di dare parte del suo cibo a chi gli siederà di fianco, tanto per legare. Quando solleverà il piatto troverà, in luogo del sottopiatto, uno dei suoi libri contabili, con la copertina rigida, i fogli dentro ingialliti e tutti fittamente annotati di cifre e nomi delle merci.

Libera è rimasta magra e mi pare più svelta. Deposte le ambigue gramaglie, ha ora un abito a balze color ruggine, stretto in vita, le maniche sono corte, perciò ha uno scialle di lanetta piegato sotto il braccio, di un rosso più carico anche se i trafori ne disperdono il colore. Porta con sé una pergamena su cui ha scritto dei versi e, prima di mettersi a tavola, in piedi dietro la sedia comincia a leggerli:

Madre nostra, esiliata nei cieli,
Sia non più falcidiato il nome tuo.
Venga il tuo regno, venga prima della fossa.
E sia fatta la tua volontà
Come in cielo ma soprattutto in terra.
E dacci pure le nostre attese quotidiane,
Ma rimetti a noi il nostro pane
Che possiamo cibarcene in pace.
E inducici pure in tentazione,

Ma che sia finalmente nostro il letto, nostro il fremito
delle carni.
E liberaci dagli abbracci mortali,
Come pure dalla colpa che hanno detto sempre nostra.

Una volta che avrà preso posto, troverà sotto il tovagliolo la boccetta di vetro che custodisce il dente perso
la prima notte di nozze. Lo spirito in cui è immerso ne
ha preservato lo smalto, conservandone anche i piccoli
nervi, recisi nell'urto contro la sbarra.

Mentre Libera declama, compare Giacinto. Tirato a
lucido sembra un giovanottone. Dei suoi denti gialli non
c'è più traccia, ora ha denti nuovi e esatti. Entra ma-
sticando, gli vedo la bocca piena di pane: avendo ora i
denti, può avere anche il pane. Si appoggia a un bastone
di ciliegio, ma è solo per l'antica abitudine perché ora i
suoi occhi sanno vedere. Quando scosterà la sedia dal
tavolo vedrà sul sedile il berretto giallo gallonato: toccato nel debole, non saprà più contenersi.

Ultimo entra Consiglio Parisi, con una giacca di un
grigio scuro e un calzone tenuto su con un filo di spago.
Ha conservato i suoi occhi di pece, anche la severità
con cui li posa sugli altri è rimasta la stessa, come i suoi
modi, poco cerimoniosi. Avrebbe potuto migliorarsi
nell'aspetto, ma ha preferito restare così. Gli si sente un
rantolio di asma bronchiale ma non sembra preoccuparsene. Appena può, fa per avvicinarsi alla finestra, ha
intenzione di schiacciare il viso sui vetri per guardare
l'olmo che, incurante di noi, sembra sorreggere la luna
dentro il fitto dei suoi rami. È in quel momento che
corro a socchiudere gli scuri; Parisi mi guarda in tralice,

si scosta e dice: «È bello il nostro olmo. Non rimane che lui del paese».

«Lo so,» aggiungo io «era bello anche allora.»

Consiglio Parisi, vicino al suo segnaposto, troverà una lampadina con un'anima elettrica che sembra una folgore pazza. Gli ricorderà il tempo dell'arretratezza e quello della modernità, il periodo delle tenebre e quello della luce.

Quanto alla luce in questa stanza – che deve essere debole ma sufficiente a vedere i volti e le mani – mi sono decisa per qualche candela e una piccola lampada a spirito di vino, con lo stoppino di cotone: nell'insieme, danno luce sufficiente ai nostri bisogni.

Ci sediamo senza guardarci troppo e cominciamo a fissare la zuppiera al centro della tavola, da cui prenderò i ravioli di ricotta, dopo aver servito l'antipasto.

A un tratto una voce di pappagallo proveniente dal fondo della stanza annuncia l'arrivo di Marcello che, come previsto, non ha esitato a raggiungerci.

«Eccomi qui di nuovo» dice e si siede, dirimpetto a me.

La cena può cominciare.


Servo un antipasto di gran classe: liste di pane ricoperte di una pasta di olive che ho seccato al sole quando era stagione e poi le ho ridotte a crema nel mortaio.

Gli ospiti chiedono da bere. Acqua, acqua gelida dell'olmo. Ne verso a tutti e noto che Marcello, stranamente, tace.

«Marcello, raccontaci qualcosa» gli dico.

«Non saprei cosa dire.»

«Come non sai che dire?» faccio io stupita, perché lui sa sempre cosa dire.

«Non so cosa dire» ripete.

«Ma non è possibile. Una cosa saprai pur dirla.»

«Vorrei solo sapere perché li chiami.»

«Li invito a cena, ecco tutto» rispondo e, guardandoli sottecchi, cerco di capire se ci ascoltano.

«Dovresti lasciarli stare e pensare alle sofferenze che provochi.»

«Per il momento offro loro un pasto delizioso.»

«E per me cosa hai preparato?»

«Antipasto, ravioli di ricotta, fichi imbottiti... come per gli altri.»

«Io non vedo niente» dice poggiandosi alla sedia e allargando le braccia in un gesto di resa.

«Ci risiamo! Ma quando la smetterai di contraddirmi?»

«Sai cosa c'è nella zuppiera?» mi chiede e si riavvicina al tavolo.

«Ravioli fumanti che a momenti mangeremo» gli rispondo.

«Bianchissimi sassi in un brodo d'acqua» ribatte lui.

«Oh questa poi! E l'antipasto che ti ho appena servito?»

«Taccole di legno spalmate di fango, che in questo paese non manca. Avresti almeno potuto prepararmi lo zabaione.»

«Quest'anno non lo avrai. Non ho avuto il tempo di farlo.»

«Ma hai avuto il tempo di vagare di casa in casa in cerca degli odiosi ricordini per gli ospiti.»

«Ne saranno contenti.»

«Lo credi tu.»

«Va bene, va bene: ne ho bisogno io, ho bisogno che

tornino. Ma aggiungo: anche loro hanno bisogno di tornare, proprio in questa casa. Nessuno ha mai veramente voluto andarsene» e comincio a rigirarmi fra le dita una ciocca di capelli, che sono ancora lunghi, vagamente biondi.

«È ammirevole l'ostinazione con cui ricopri di generosità il tuo interesse. La verità è che li tieni prigionieri perché ti senti sola e ne muori» dice con voce che è venuta fuori rauca e si mette a fissare la ciocca che ho attorcigliato a un dito; poi alza gli occhi verso i miei e aggiunge: «Io, del resto, non conto».

Resto impigliata in quello sguardo, come fa la maglia nella siepe che a tirarla si strappa, riducendosi a brandelli. Tolgo i capelli dal dito per portarmeli alla bocca, come facevo da bambina quando scalza e con le ciocche umide ai lati del viso andavo in cerca di una madre, me ne sarebbe bastata una qualunque che mi dicesse *Tu vivi allora, tu vivi*. «Oh Marcellino, che discorsi mi fai? Alla nostra età poi...» dico abbassando gli occhi perché non ho più voglia di vedere i suoi.

«Vieni via da questo fosso. Nella mia casa avrai stanze tutte per te, non ti darò fastidio...»

Lasciami stare, dico fra me, vuoi lasciarmi stare? Poi a lui: «Qui ho diverse case tutte per me. Giorno dopo giorno le guardo e sono volti sorridenti, con le bocche sdentate, le teste scapigliate; ci vado dentro, salgo scale pericolanti, sono grata ai muri che resistono.»

«Sono muri marciti.»

«Finché i muri reggono, i miei ospiti esistono. Li tengo qui con me e li riporto alla loro vita di prima.»

«Ma chi ti dice che vogliono questo? Se fossi meno cattiva li lasceresti in pace.»

«Ora basta, Marcello. Sono stanca dei tuoi insulti. Alzati e accompagnami nel giro intorno al tavolo: devo assicurarmi che agli ospiti non manchi nulla e, soprattutto, che abbiano gradito le mie cortesie.»

«Il solito rito. Facciamo il giro intorno al tavolo come si fa ai pranzi di nozze, solo che qui non ci sono pranzi e tantomeno nozze.» Marcello seguita a insolentirmi ma ora ha un lamento nella voce che è quasi melodioso.

«Non lamentarti e porgimi il braccio» gli dico infine, perché stia zitto.

Nel giro intorno al tavolo la mia principale preoccupazione è vedere se i miei ospiti hanno accolto bene i regali per loro. Resto ferma un momento dietro ciascuna sedia, appesa al braccio di Marcello che mi sembra forte, oppure è solo l'effetto della sua stretta, come se non dovesse lasciarmi andare più. Cerco di indovinare i pensieri degli ospiti, tento una mediazione fra i loro e i miei. Presto orecchio al bisbiglio, per distinguere una malinconia da un accenno di contentezza. Come potrebbero non trarre piacere dal ricevere regali?

«Credi che abbiano gradito? Io li vedo impietriti» chiedo a un certo punto a Marcello, che per un istante intreccia le dita della sua mano alle mie, le sue dita sottili, di uomo che non ha mai lavorato, eppure così rassicuranti.

«Dovresti smetterla di entrare nelle loro case.»

«Sono aperte, non forzo le porte. Se poi i rovi sono troppi fitti e non riesco a entrare, mi affido a Gedeone che conosce altri varchi.»

«Il punto non è questo. Il punto è che porti via dalle

loro case oggetti intimi con cui poi, solo per cattiveria, guarnisci la tavola.»

«Oh, ti prego, smettila» gli dico e in modo brusco mi allontano da lui.

Decido di servire i ravioli di ricotta che hanno un aspetto invitante, anche senza il brodetto del pomodoro. Preferisco lasciarli in bianco, con l'unico guarnimento dell'olio d'oliva che è di mia produzione. Quando è tempo – più o meno a ottobre – raccolgo i frutti ai piedi degli ulivi che ancora resistono nelle strisce di campagna dove finisce il paese, e li porto giù al fiume, al vecchio frantoio. A suo tempo, l'ulivo di Alento dava olio abbondante e squisito. Il frantoio era invece una macina che spettava alle donne far girare. «Noi siamo costretti a far questo,» mi disse una volta il proprietario di diversi bellissimi ulivi «perché i quadrupedi costano *più assai* dei bipedi.»

Servo i ravioli nel servizio di ceramica che mi fu lasciato da Ada de Paolis, assieme alle posate d'argento e ai raffinati calici di vetro con il bordo dorato. I piatti sono bianchi con pagode di un lucente blu raffigurate nel mezzo; i de Paolis, prima di acquistarli, si accertarono che provenissero dalla Cina.

Tutti i presenti si concentrano sulla zuppiera fumante, si vede che hanno fame. Sicché allineo i ravioli – quattro o cinque a piatto, non di più – sui tetti spioventi delle pagode che, prodigiosamente, non crollano. Quindi mi dispongo a osservare i miei ospiti, che subito si chinano sul piatto.

«Cos'è stato quel ronzio di parole, poca fa?» dice a un tratto Cola Forti rivolgendosi a Consiglio Parisi.

«Parlavano di memorie, e d'un paese morto, e d'una terra che fu. Ora vi stagna sopra una gran palude» risponde lui, spegnendo con un gesto della mano lo slancio di Maccabeo che ha alzato il suo piatto per passargli un raviolo. È a quel punto che Maccabeo scorge il libro contabile: resta a guardarlo un momento, poi fa come se non ci fosse e lo ricopre col piatto.

«Parlavano di noi ma con parole che ci tolgono ogni riposo» interviene Libera Forti, mentre si scuote leggermente come percorsa da un freddo, per cui si avvolge nello scialle di lana. «Questi loro ricordi non ci concedono tregua, ci spossano. Ma guardate cosa faccio con la boccetta che ho qui davanti» e unendo il pollice e l'indice in una specie di cerchio avvicina la mano al vetro, poi schiocca il colpo con l'indice: l'ampollina schizza lontano come una biglia, frantumandosi in volo. Ci rimango malissimo, non me lo aspettavo da Libera. Vorrà dire che il prossimo anno le regalerò un crisantemo.

«Ben fatto, Libera!» esclama la piccola Lucia Parisi, dopo aver masticato a lungo lo stesso boccone come temendo di macchiarsi l'abito a cui tiene molto. «Che senso ha questo ricordare, se nemmeno veniamo interpellati?»

«Non ci interpellano perché ci hanno accasati in un riposo eterno e sconfinato,» le risponde Consiglio Parisi, e non mi sfugge la suggestione di un padre che finalmente parla alla figlia, uscendo per un momento dagli strati di difesa in cui è avvolto «eppure ci evocano a loro piacimento. Strano errore: intendono il riposo alla loro maniera.»

«Ah, se trovassero pace ai loro tormenti per i quali

continuano a vagare di tomba in tomba. Vengono a piangere sopra le nostre teste e ci lasciano nell'umido del loro rimpianto. È un fatto loro, evidentemente, non nostro. Lo volete un raviolo?» Maccabeo di nuovo solleva il piatto e di nuovo ignora il libro contabile che vi è sotto.

«Mangiali tu, vecchio mio» gli risponde garbato Giacinto, che ha ripreso a mangiucchiare il suo pane tirato fuori dalla tasca; gli altri non rispondono.

Da qualche angolo della casa, all'improvviso, giunge un rumore. Nonostante lo strepito della pioggia che ha cominciato a martellare sul tetto – prima a stizze, ora a grossi scrosci – riconosco il chiasso di un crollo appena iniziato.

«Hai sentito!» esclama subito Marcello. «Hai sentito!»

«Un tuono, sarà stato un tuono» mi affretto a dire.

«È un crollo.»

«Continua a mangiare,» faccio «è il momento dei fagotti di castagne e dei fichi ripieni. Mi ci sono impegnata tanto quest'anno. Sentirai che buoni.»

Il gemito del solaio diviene sempre più nitido e s'avvicina, come camminandoci sopra le teste. Quando il boato coprirà il fragore della pioggia sarà il momento, ma fino ad allora non voglio interessarmene. Comincio a servire il dessert, mostrando una certa fierezza per la riuscita anche estetica del piatto. I fagotti sembrano minuscoli cuscini di pasta sfoglia, ripieni di una crema ottenuta dalla farina di castagne mescolata al cioccolato amaro. Poi li cuocio in olio bollente, che ne permea l'inconsistenza. Al miscuglio talvolta aggiungo della cannella e, sulla crosta, un'infuriata di zucchero a velo. Ma il meglio sono i fichi ripieni, un tripudio di delicatezza. Il fico alentese era rinomato per i suoi frutti zuccherini a polpa bianca, adattissimi al disseccamento. Ora, in qualche orto dirupato, trovo ancora dei fichi che dissecco con la buccia e quando è tempo, specialmente sotto Natale, li infarcisco di noci o mandorle, anici e cortecce di limone; poi al forno. Prima di portarli in tavola, li ricopro con il cioccolato fuso che presto solidifica, e così assomigliano a piccoli ciottoli neri e levigati, di una dolcezza intensa. I miei ospiti gradiscono e ne mangiano di gusto, fino all'ultimo, bevendo poi l'acqua a sorsetti per non togliersene il sapore dalla bocca.

Li guardo, non riesco a non guardare i miei ospiti, tanto ben disposti nella morte, mentre calmi e gravi parlano e levano le coppe. Dopo la fine, penso, ci portano in un posto così, con gente intorno, a un convito che splende nel deserto. Sopra la tavola apparecchiata si posa una prospettiva ben più lieve di un nome sbiadito fra le pietre, in cui svanirà ogni sforzo.

«Amici,» dopo essersi scandagliato i denti con uno stecchino di legno preso dal taschino, Consiglio Parisi comincia a parlare, finalmente rivolto a Marcello e a me «lo sappiamo che stupite nel vederci così diversi dalla nostra fama, sicché seguitate a rievocare il passato per ricordarci chi siamo. Lasciate che ve lo dica: siete in errore se pensate che abbiamo nostalgia delle cose di cui parlate o che, al contrario, ce ne sentiamo offesi» e intanto prende la lampadina che è vicino al segnaposto, la guarda, quindi la posa e la copre col tovagliolo.

«A volerla dire tutta, noi proprio non piangiamo sotto il cipresso fumido che geme, non restiamo stretti così come altre sere al fuoco» interviene Giacinto, e mentre parla gli vedo un filamento di fico rimasto tra i denti, ma faccio finta di niente. «Anzitutto,» continua «che cosa vuol dire fumido? Poi, perché dovremmo trattenere l'abitudine miserabile al pianto anche sottoterra? La sofferenza non è una corona di gloria, per Gerusalemme! Infine, chi lo ha mai avuto un fuoco intorno a cui stringersi? Il tramontano che urtava come un povero alla porta era più che altro una compagnia, in quelle sere piene di solitudine. Fossimo stati vivi a suo tempo, ora forse piangeremmo. Ma la storia che raccontate è un'altra.» In quel momento Giacinto si solleva appena dalla sedia, ne trae il berretto gallonato, se lo accomoda un momento sopra la testa e fa per specchiarsi nella lama d'argento del coltello; quindi se lo toglie, lo stropiccia appena fra le mani e lo scaglia lontano, facendolo atterrare sulla collottola di Gedeone. Il vecchio cane, ormai tutto duro di reumi, brontola un po' per l'urto, ma si acquieta non appena Giacinto alza in aria le mani per scusarsi.

Subito mi chiedo quale sia la storia che raccontiamo. Una storia di esclusione, senza dubbio, ma anche di vite dissipate, trascorse senza gridi, senza gesti. La storia di una chioccia che dorme per anni sulla cova e trova i figli tutti morti. Essi ne parlano come di una storia di penitenza, a cui però non segue alcun pentimento.

«Siamo una folla di invisibili, cacciati molto presto dalle vostre vite,» dice Cola Forti, interrompendo i miei confusi pensieri, «una folla che permane nell'oscurità del paese. Avete avuto fretta di liberarvi di noi. È stato giusto così, il passato appartiene ai morti, siamo d'accordo. Voi eravate l'eterno presente e noi la zavorra, l'impostura da confinare là dove una voce incrudelita ci recitasse l'*Eterno riposo*. Vi eravate persuasi che di noi potevate fare a meno. Legittimo, per carità. Ora però che anche le vostre case stanno per consegnarsi al suolo, ora invocate il ritorno del tempo, per pesarci la terra sopra le spalle.»

«Ci chiamate alla luce da un mondo perduto,» prorompe Consiglio Parisi, vagolando con gli occhi che paiono sempre più di pece «chiedete ragione di singole esistenze che però erano parte di un luogo e di una comunità. Di tutto ciò non possiamo più portare il peso solamente per alleviarne uno vostro. D'altronde, la farfalla che scuote la polvere dalle sue ali prima di riprendere il volo si preoccupa assai poco dei resti del bozzolo che le è servito d'abitazione. Perché sembrate ignorarlo?»

«Io non lo ignoro affatto» gli rispondo con uno scatto sgradevole nella voce che mi sorprende. «Sono qui a difendervi, a dire che, poverini, eravate parte di un meccanismo di soggezione di cui non avevate colpa. Marcello, diglielo che li ho sempre difesi.»

«Estella, di cosa parli?» chiede lui, al solito distratto.

«Diglielo, te ne prego, quanto mi sono cari.»

«Ma a chi?»

«Ai miei ospiti.»

«Estella, comincio a preoccuparmi per te.»

«Non occorre che qualcuno ci difenda,» riprende Consiglio Parisi «ciascuno di noi reca con sé la mortificazione di una vita che non si è salvata. Io, per esempio, sferzavo i figli in casa, insolentivo mia moglie; riversavo su di loro il mio rancore, che veniva da fuori, dove io stesso venivo sferzato. Ho vissuto da fesso. Sono morto da fesso. È così necessario che io lo ricordi, ancora e ancora, e solo per tenervi compagnia perché il peso della solitudine vi annienta?»

A questo punto decido di spogliarmi delle vecchie parole, gentili ma esitanti, e di usarne di nuove, molto franche, sottraendomi al vincolo delle parole contate che mi sono imposta finora, solo per un gran riguardo nei loro confronti.

«Qual è lo scandalo?» chiedo a Consiglio Parisi. «Ditemi qual è lo scandalo se ci si sforza di addolcire la propria solitudine?»

«Non vi sarebbe scandalo,» risponde lui «se poi, pur di non riflettervi nello specchio che siamo, non ci obbligaste a ricordare i respiri, gli ansiti, le mille fiacchezze della vita passata. Ci eccitate la memoria tirando fuori i ricordi dalla terra morta. Lo fate per assegnarci le colpe, in modo che non ne restino per voi: il vostro fallimento sarà così tutto nostro e voi ne uscirete incolpevoli.»

«Dunque le cose stanno così» mi affretto a dire, perché la discussione sta prendendo una piega inaspettata. «Qui davanti, ecco che il passato muore prima che qualcosa a venire sia nato. Ho bussato alle vostre porte per sfuggire al presente, ma sono forse porte che danno sul nulla? Se è così, tutti gli sforzi falliscono. La casa, ormai goffa e pesante, sta per trascinare con sé, mattone dopo mattone, la memoria dei miei giorni. Voi non tornerete più e la solitudine allora sarà come un marchio nella mia carne vecchia, un vizio a cui mi sarò condannata.»

«Non ci sono porte che danno sul nulla, dato che noi esistiamo» risponde Cola Forti. «Ma se, come è evidente, avete un gran bisogno di noi, dovreste perlomeno evitare di sottoporci di continuo a un processo al quale soccombiamo, senza scampo. Condannateci una volta per tutte, come fecero con Formoso, ma liberateci del peso di ciò che non siamo stati.»

Non mi pare un caso che Cola Forti abbia ricordato Formoso, di cui avevo sentito in monastero. Lo processarono da cadavere. Attraverso i fori orbitali cavati gli lessero l'anima, pretesero risposte dalla sua bocca morta. Emessa la sentenza, lo spogliarono (e apparve nudo con le carni martoriate dal cilicio che però non fu toccato), gli amputarono tre dita e lo gettarono al fiume. Da cui poi riemerse. Fu dato ordine che venissero cancellate tutte le sue immagini, ovunque si trovassero. Scalpellarono la sua figura persino dagli affreschi. Il processo contro il cadavere venne celebrato per distruggere l'ombra, per recidere definitivamente il legame che univa il papa morto alla memoria che i vivi avevano di lui.

«Avevate scarpe buone, le strade si stendevano innanzi a voi, e non avete saputo camminare» incalza Consiglio Parisi, ancora più agguerrito, intromettendosi bruscamente nelle mie riflessioni. «A questo punto dovreste avere il coraggio di dirci cosa avete mutato nelle leggi del mondo, rispetto al mondo che abbiamo trovato noi. I fessi, come fesso ero io, non continuano forse a vivere da fessi e a morire allo stesso modo? Alla resa dei conti, emettete pure la sentenza, ma affrancateci dal nostro non essere stati, se volete che noi affranchiamo voi dalla colpa di non aver fatto meglio, dall'indegnità del vivere come foste voi i morti e noi i vivi.»

«Quello che mio padre vuole dire,» interviene calma

la piccola Lucia, e mi sorprende che abbia rievocato il legame di sangue con Parisi, sicché stringo gli occhi in uno sguardo interrogativo in modo che ripeta ciò che ha detto, «quello che mio padre vuole dire è che il vostro giudizio si unisce a quello già pesante che noi stessi rechiamo di noi, ma non considerate che ne abbiamo di voi uno altrettanto pesante» e, vinta anche l'ultima resistenza, fa per scartocciare il suo regalo, dopo averne provato con le dita la consistenza. Una volta aperta la stagnola, si accorge finalmente del cioccolato: sorride, la piccola Lucia sorride, e si vede chiaramente che vorrebbe mangiarlo. Poi guarda suo padre, lo guarda come se ne cercasse l'approvazione, ma Consiglio continua a vagolare con gli occhi e non le bada proprio. È un attimo: Lucia stacca con un morso un bel pezzo di cioccolato e mastica soddisfatta.

Vorrei commentare con Marcello quanto si è svolto davanti ai miei occhi. Nell'accalco dei fiati severi, la piccola ha preso e gradito il suo regalo. Non nascondo che questo mi riconcilia in parte con la serata, ma sarebbe inutile spiegarlo a Marcello. Ora c'è questa sera e ne sono presa. È qui che mi ritrovo, qui desidero stare.

«Estella cara,» Libera ora si rivolge proprio a me, distraendomi dalla mia pacificazione «dimmi, se puoi dirlo, cosa è cambiato dal tempo del mio dente rotto sulla sbarra del letto nuziale. Le donne sono ancora campi esposti alla bufera, con tutti i segni della devastazione, vive con tutta la carne e nelle cose della carne muoiono.» Mentre parla si toglie lo scialle di lana dalle spalle e me lo porge. «Prendilo tu, avrai freddo là fuori» mi dice; poi agitando un dito come una bacchetta si rivolge a Marcello e fa: «E tu, cosa ne hai fatto del tuo privilegio se stasera sei qui, solo, in mezzo a tanta morte?».

Marcello non risponde.

«Ehilà, Marcello!» intervengo io. «Libera ti ha fatto una domanda.»

«Libera chi?» risponde lui, come tratto all'improvviso da un torpore.

«Libera Forti. Ma non ci ascolti? Ti ha chiesto cosa ci fai qui, stasera?»

«Bella questa! Cosa faccio qui? Lo stesso che fa ogni disperato che ama e non può sapere se sarà mai ricambiato: la testa fatta rotolare all'indietro, tanto si può sempre raccoglierla dopo; le braccia conserte in attesa del prossimo strazio; la consegna ottusa all'illusione... Illusioni, appunto. Che sono come le pecore: aiutano il sonno dei mansueti e la pancia vacante dei poveracci; bestiole che a mucchi vivono e a mucchi muoiono.»

«Ecco!» si intromette Maccabeo. «Spiace dirlo ma, come Marcello dimostra col suo dire afflitto, si è sempre l'invisibile di qualcun altro.»

A questo punto giungo le mani come fanno le vecchie in chiesa in segno di oltranza, ma in realtà lo faccio per distrarre Marcello perché non replichi alle parole di Maccabeo. Infatti non gli risponde, come se non le avesse sentite.

«Non inquietatevi, amici, per le obiezioni che vi vengono rivolte» dice ora Cola Forti, che deve aver colto il mio smarrimento. «Guardate attorno a voi: che cosa vedete? Noi vediamo delle spoglie vuote. Guardate alle vostre esistenze, guardatele bene: per cosa vi affannate? Un'idea in cui credere l'avete? A me pare che nulla sia restato: niente opinioni, nessuna aspirazione, niente di niente. Eppure sgranate il rosario delle accuse, con una protervia inspiegabile, senza considerare che ciò che realmente fate è riempire il vostro vuoto con le vite passate. Voi, così tenacemente vivi, avete morti e non li lasciate andare» a quel punto Cola Forti raccoglie il sacchetto di iuta che aveva gettato sotto il tavolo dopo averlo tolto dal bicchiere, controlla che nessun bottone sia caduto per terra e se lo mette in tasca.

Credo di potermi ritenere soddisfatta: due dei miei ospiti hanno gradito il piccolo omaggio pensato per loro. Era il mio desiderio più grande, questa sera. Ovviamente Marcello finge di non aver visto, nemmeno si volta verso di noi.

«Per quanto mi riguarda convocatemi pure» dice la piccola Lucia, che parla sempre poco per l'antica abitudine al silenzio che non ha mai perduto. «A un pasto sontuoso non rinuncio, specie se c'è del cioccolato,» continua «ma liberatemi, per favore, del peso di una vita a cui ho posto inutilmente fine, se il ricordo di quei giorni deve pesare così tanto sulle mie ossa.»

«È sciagurato colui che sottoterra è ciò che fu sulla terra» interviene Consiglio Parisi, finalmente calmo, gli occhi hanno smesso di vagare e non sembrano nemmeno più di pece.

«Se non riuscite a fare a meno di noi,» continua «chiamateci pure, ma non per ricordarci chi siamo. Chiamateci per farci indossare abiti di vento. Toglieteci da questa pena di polvere, è insano lasciarci bocconi. Fateci camminare in mezzo a voi con passi burattini, leggeri e volubili. Chiamateci per cambiarci i destini.»

«Cambiare i destini. Cosa significa?» chiedo facendo gli occhi stretti, ma invero penso alla terra che li ricopre e che ormai avrà imparato il loro nome.

«Significa distoglierci dal mondo e dalle sue faccende, toglierci da questo freddo che rimorde. Io, per esempio, ritorno volentieri indietro, ma non come prima. Riportatemi nella mia casa, laggiù in campagna, tra i miei figli, ma fate di me un padre amorevole e con più fortuna. Mettetemi fra le mani un regalo per mia moglie, un vestito raffinato o un fiore; fateci ballare nel nostro salotto, anche se non aveva agi.»

Nel fuoco morente di questo bivacco, le parole si levano adagio. Le candele hanno gradi di liquefazione diversi, anche se sono state accese nello stesso momento: alcune fiamme si spengono, altre rimangono alte. Lo spirito di vino della piccola lampada è quasi esaurito. Mi fingo presa dagli intarsi della tovaglia, poi mi considero le mani mettendole una sull'altra, più volte, poi distendo le dita, una due tre *uh!* sono dieci, ora fanno un ballo; in realtà voglio tenere abbassati gli occhi e tacere, ma tanto lo so che interpreteranno i movimenti del mio viso, delle vene sul collo che pulsano impazzite.

«Si dice che tutto finisce con la morte,» conclude il buon Maccabeo in tono conciliante «ma in definitiva che ne sanno quelli che l'affermano? Dopotutto non si tratta che di una loro opinione. Quello che voglio dirvi, ora che la cena è finita, è che da qui possiamo raccontarvi di voi molto più di quanto credete di sapere di noi. Se la morte è venuta, amici cari, è anch'essa passata. Perciò noi esistiamo, il nulla non esiste. Il *Qui giace...* che usate scrivere sulle nostre sepolture non vuol dire sempre qui, nella terra, al triste raduno dei becchi dei corvi. Potete vederci più allegramente a sera, quando scendono le stelle. Cercateci in una pietra grigia al sole, nel canto di un uccello che si è liberato del dolore.»

Sopraffatta dalle loro parole, stordita e forse anche un poco offesa, mi alzo e vado ad aprire gli scuri alla finestra. Sono cattiva, lo so, ma vorrei che per un momento si vedessero, che si mettessero a tremare. Sono stata gelata dall'evidenza che hanno raccontato. Hanno fatto giustizia di noi, giustizia senza pietà. La casa mi ammonisce in modo brusco: fra gli intarsi della tovaglia di macramè cade un pietrisco, seguito da un gocciolio di polvere bianca.

«Sei certa che non sia un crollo?» fa Marcello.

Annuisco e richiudo all'istante gli scuri.

In questo preciso momento, come ogni volta, essi dovrebbero alzarsi, e infatti si alzano; dovrebbero prepararsi ad andarsene, e si preparano; il cane dovrebbe latrare, e infatti latra. Ci salutano in fretta con un «A un'altra volta, amici» e l'unico sorriso è per il vecchio Gedeone, che li accompagna piagnucolando fino all'uscio e subito si dispone a una nuova attesa.

«È penoso il momento in cui vanno via, malgrado lo sconforto in cui mi gettano ogni volta» dico a Marcello, che intanto si toglie dalla giacca la polvere di intonaco che gli è caduta addosso.

«Dovresti preoccuparti delle condizioni della casa. Non ti accorgi che sta per cadere?»

«Non lascerò questa casa.»

«Ma non reggerà alle piogge di un altro inverno.»

«Non la lascerò.»

«Guardami: sono ricoperto di calcinacci che cadono dappertutto. Non voglio morire sotto una trave.»

«Va', allora. Lo so che non si è mai pronti a morire, perciò morirò da sola» e mentre lo dico volgo gli occhi al cielo, nella posa di una che va al martirio.

«Scherza pure, non fai che scherzare. Io vado via. Ti rivedrò domani?» dice così, tutto d'un fiato, e tradisce una nota molto intima.

«Chi può saperlo» e a stento trattengo un sorriso. Poi, quando sta per uscire dalla stanza, lo richiamo: «Marcello,» dico calcando la elle perché mi è sempre piaciuto il suono che fa il suo nome «sul ripiano del lavandino, in cucina, c'è la ciotola di ceramica, quella con le felci in verde ramina: è piena di zabaione».

La casa respira a fatica, sembra un animale morente; si sforza di tenere ferme le travi, stringe le pareti come fossero braccia attorcigliate a un ventre. A fatica esala un respiro, poi un altro. L'acqua che viene giù dal solaio ha la consistenza del sudore; sudore gelato che scorre lungo i muri ancora ornati a festa, ammolla le greche, oltrepassa i dipinti che non riescono a trattenere il colore e lo lasciano scendere.

Fuori il vento non è più un fiato che nessuno sente, è furia che infuria sui vetri. La finestra tiene per un minuto, poi cede e si spalanca: a terra i vetri sfiniti, a terra la grata di ferro.

La pioggia non cessa, martella con schianto di passi sopra la mia testa; ogni tanto s'accompagna a una luce che è un inganno breve e subito torna il buio. In quei pochi istanti in cui la notte raggiorna, vedo l'olmo eretto e per niente turbato dalla visione del disfacimento.

Il solaio ha un gonfiore preoccupante ma ci cammino sotto ugualmente, non può accadermi nulla qui dentro. Passo da una stanza all'altra raccogliendo piccole cose che possono servirmi per la notte, che trascorrerò sotto l'olmo. Imbocco le scale e di continuo incespico; a fatica raggiungo la mia camera dove la polvere di calce ha già ricoperto il pavimento. Prendo due o tre libri, una candela, una vecchia scatola di latta con dentro un pendaglio d'ambra che sfilai dal collo di mia madre, la notte in cui me ne andai. Mi affretto a tornare giù. Il fragore dei bicchieri che dirupano dalla credenza simula un guizzo di epicardio, prima del riposo. La messe inutile del vecchio splendore sta per tramutarsi in marciume, sotto la pioggia che ora sta smettendo, il clop clop è sempre più fioco, con le ultime gocce d'acqua che fanno meste corone di fiori.

La casa è ormai tesa sulla soglia, così sfilacciata è una piuma a cui basterebbe un soffio per consegnarsi al suolo. Invece resiste, per ostinazione, per orgoglio o per chi sa quale mistero. Torna il silenzio immemoriale: la mia ultima dimora scaglia lontano la notte; la casa a cui giace il mondo intorno è sopravvissuta, di nuovo salva, almeno per adesso.

Sotto l'olmo c'è movimento. D'un tratto la piazza, deserta fino a poco fa, si è popolata. Mi faccio avanti. Sulla panchina – che pure doveva essere stata rimossa a suo tempo – c'è Lucia Parisi che cuce un abito a cerchi d'oro: infila e tira l'ago verso l'alto e si finge in chi sa quale favola, lo intuisco dal sorriso che le occupa metà del viso; l'altra metà no, l'altra metà è seria, forse perché cade sotto l'occhio grave del padre, in piedi alla sua sinistra.

Consiglio Parisi ha al suo fianco una piccola bara bianca assicurata a un intrico di funi, per trascinarla. Adesso si siede sulla panchina e quasi dà le spalle a Lucia, che non sembra accorgersene; poi afferra una fronda dell'olmo, la tira come se volesse spezzarla, quindi la lascia andare; infine si china sulla bara, scosta le funi e la scoperchia: la morticina, la piccola Mariuccia, riposa nell'alveo del legno. Una mosca stordita cade sul viso della bambina, ma dopo un colpo di mano di Consiglio vola via.

A guastare il momento è il vecchio Maccabeo che irrompe dal fondo della piazza a grandi falcate. Appena sotto l'olmo, tira fuori un fazzoletto da una tasca e si asciuga la fronte, come dopo una fatica.

«Caro Parisi, ho bisogno del tuo aiuto» gli dice avvicinandosi e prendendolo per un braccio come se volesse portarlo con sé.

«Calma, Maccabeo. Non vedi che ho da fare?»

«Veramente ti vedo in ozio.»

«Devo allontanare le mosche da Mariuccia.»

«Ecco, vecchio mio, proprio di mosche vorrei parlarti: ho avuto un'idea grandiosa, l'affare di una vita.»

«Di che parli?»

«Stanno per tornare i miei figli dal fronte e devo riaprire il negozio per stasera, ma ho bisogno che tu mi dia una mano a rialzare la saracinesca del negozio, dato che la ruggine ne ha piombato i cardini.»

«E cosa c'entrano le mosche?»

«Qui viene il bello! Ho intenzione di allevare mosche di ogni tipo, specialmente le callifore e le sarcofaghe, e venderle ancora impupate alla mia clientela. Non trovi che sia un'idea entusiasmante? E poi, ammettiamolo, le mosche meritano molto di più di quanto venga loro riservato. Spiace dirlo, ma si scagliano parole ingiuste contro questi esserini ritenuti brutti e dannosi, ma in realtà molto utili.»

«Non ti seguo, Maccabeo, e la questione m'interessa davvero poco» gli risponde Parisi, con voce dura.

«Presta attenzione al mio discorso. Quante volte avrai pronunciato parole sprezzanti contro queste bestiole? "Muoiono come mosche", oppure "Non farebbe male nemmeno a una mosca". E, al colmo dello sprezzo, "Non potrebbe uccidere nemmeno una mosca". Senza contare che sempre "Si prega di non fare di una mosca un elefante". Come se le mosche non avessero diritto a non essere percosse o uccise, come se non potessero sentirsi grandiose nella loro piccolezza, tranquille nei loro viaggi a mezz'aria; come se non potessero morire di solitudine, o non meritassero altra morte all'infuori di quella sul dolce bugiardo della carta moschicida. Per tutte queste ragioni ho intenzione di allevarle e trarne profitto, ora che i miei figli stanno per riprendere le redini del nostro commercio. Non trovi che sia un'idea grandiosa? Oltretutto prevedo che l'allevamento di mosche sarà il *business* del futuro.»

«Sinceramente la trovo un'idea balorda, ma non ho tempo di argomentare» e con un gesto svelto della mano Consiglio allontana Maccabeo, per poi chinarsi a pulire con la manica della giacca un rivo colato dalla bocca di Mariuccia.

Maccabeo si guarda pensosamente intorno, studia i crocchi di gente che si sono raccolti nella piazza e corre verso quello più affollato.

«Sapete, amici, Antonio e Luchino stanno per tornare dal fronte. Devo riaprire il negozio, deve essere tutto pronto per stasera» comunica esultante a ogni uomo o donna che incroci il suo sguardo. Qualcuno si ferma ad ascoltarlo, qualcun altro passa oltre. Nella piazza c'è fermento, qua un venditore di fiori di campo, là un chioschetto con le cedrate fresche. Sotto il portale di pietra che segna l'ingresso alla piazza ci sono due sedie che sorreggono una cassetta di ortaglie. Una donna con un fazzolettone intorno alla testa grida: «Verzura fresca! Erbe mediche!». Facendomi avanti, la riconosco: è una dei Paudice, la famigliola che per miracolo sopravvisse al crollo della casa.

È a quel punto che Consiglio, estraneo al baccano d'intorno, si alza e s'incammina verso l'uscita del paese, fino all'imbocco della sterrata che conduce alla contrada di Terzo di Mezzo. Nel tragitto verso casa trascina con sé la piccola bara bianca, che sobbalza appena sui ciottoli illuciditi dallo struscio del tempo.

Oltrepasso la piazza e inizio a percorrere la stradina che sbuca nella trazzera degli stranieri, il sentiero che conduce al monte. Da questo punto in avanti la via è tutta in salita e in due ore di cammino si arriva alla cima, che da qui è una striscia di roccia in un finimondo di alberi.

Nel vicolo storto prima dell'erta c'è la casa dei Forti. Sotto la pergola, di nuovo ingombra di foglie di vite, ci sono Libera e Cola che giocano con i bottoni. Riconosco il gioco della staccia, quello in cui ciascun giocatore lancia i suoi bottoni in un quadrato di terra e poi con una pietra chiatta cerca di spingerli verso un immaginario traguardo. I Forti quasi s'azzuffano perché hanno scommesso su qualche idea, sicché mi faccio avanti per ascoltare.

«Che gli uomini siano finalmente tutti uguali è un'idea forte, un'idea su cui vale la pena scommettere» grida Cola, tirando la pietra che manda il suo bottone verso il traguardo.

«Parli di uomini, come sempre. Io scommetto sulle donne, sul loro regno che un giorno verrà» e anche Libera scaglia la pietra che spinge il bottone alla meta.

L'idea che vince è quella del bottone che per primo taglia il traguardo, ma entrambi hanno scagliato la pietra con foga inusitata, lesionando le piccole pedine che, appena prima del traguardo, si frantumano. Il gioco è da rifare, con altri e meno fragili bottoni.

È così che fanno, penso. Ci portano fino a un certo punto e se ne vanno, perché preferiscono accasarsi nei rovi, tra gli alberi che fremono, dentro l'acqua che scorre, mentre li si crede rinchiusi nei confini terrestri di una sepoltura.

Qui, fra queste pietre che si lasciano attecchire dalla natura nei modi più strani, non è come camminare in paraggi in cui non c'è nulla, perché ci sono loro. In questa prospettiva ben più lieta di una fossa, si possono cucire i rattoppi sulle giacche dure di chi è vissuto infelice – silenzio nel silenzio – ora che la morte non può più venire, ora che anche la fine, se è venuta, è passata. È addirittura possibile provare, dico solo provare, a cambiare i destini, come dopo una convalescenza; invertire il corso di esistenze tutte infisse in un freddo e ridare loro un po' di calore, come fosse una vita nuova, ora che l'altra che ha infuriato per anni si è conclusa. «Chiamateci per farci indossare abiti di vento» ha detto poco fa Consiglio Parisi. «Chiamateci per cambiarci i destini.»

Mi allontano e, ovunque guardi, le pareti delle case sono illuminate dal raggio radente delle lampade. Una donna sbatte un tappeto sulla ringhiera del balcone e nell'urto si liberano calcinacci che piovono su un vecchio, seduto sopra una piccola scranna appoggiata al muro del piano di sotto; il vecchio guarda storto la donna ma non si sposta e, volgendo gli occhi al cielo, dice «Fa' che regga, fa' che regga» riferendosi al balcone. Un po' di polvere colpisce anche me, sporcando il mio abito di velluto, ma non posso preoccuparmene ora. I vecchi abitanti sono tornati, finalmente sono tornati. Ricompaiono anche quelli che erano partiti per terre lontane e non erano tornati più. Ne vedo i volti stanchi, tirati dopo il lungo viaggio, eppure stupefatti, colpiti dalla meraviglia del ritorno. Mi incammino nuovamente verso la piazza e nel tragitto mi affianca il buon Giacinto, con il berretto gallonato schiacciato sulla testa e un imbottavino per i bandi. Mi sembra in affanno e gli noto un fremito negli occhi, come per un tic nervoso.

«Così di fretta, Giacinto. Ci sono annunci importanti da dare?»

«Per Gerusalemme, che annuncio! Sono tornati i vecchi abitanti.»

«E che bisogno c'è di annunciarlo? Lo avranno saputo già tutti.»

«Solo ciò che viene detto è accaduto. Perciò vado a dirlo» e con passo fermo e regolare si allontana, lasciandomi indietro.

Il silenzio a cui mi ero abituata negli anni dell'abbandono sembra di colpo remoto. Un silenzio lungo, a volte interrotto dagli schianti delle case che pure contenevano tanto tempo e tanto lavoro umano. Persino l'oscurità, prima completa, è adesso rotta dagli spiragli di luce che trapelano dalle case, dalle piccole botteghe.

A distrarmi è un odore che sale dalla strada, l'odore di terra e di fuoco che arde fra le pietre. In un angolo fra due case un manipolo di bambini abbrustolisce castagne, tirandole via dal fuoco con la punta di un ramoscello.

Mi accorgo che sono spariti i fiori che lasciavo cadere nei fossi, in dono ai morti di cui conservo memoria; ora vi saltano dentro i ragazzini e i loro gridi sono un conforto, come lo è il mormorio vellutato che esce dalle case.

D'un tratto, scorgo un cane che dapprima tutto tranquillo fissa su di me i suoi occhi mansueti, quasi ciechi; poi, come talvolta avviene nei cani, si mette a guaiolare e si appiattisce a terra. Mi avvicino e riconosco Gedeone, a cui subito si affianca uno stuolo di cani sbucati da un vicoletto, cani da pastore, lunghi e smagriti. Latrano pigramente ma non mi dissuadono dall'accarezzare il mio amico, che sorge in piedi e mi affianca, pronto a riprendere con me il cammino verso la piazza.

Mi sembra di essere tornata a quel giorno lontano, quando con Gedeone al fianco ritornai qui, sotto le sferze della neve, davanti al paese che non mi riconosceva e la chiesa ci offrì riparo dal freddo. È in chiesa che vorrei entrare questa notte, ora che a Dio ho smesso di girare intorno, ora che sono sopravvissuta a un dolore che curva i monti. Gedeone mi precede di poco, ogni tanto si ferma e mi aspetta, e sembra dire: «Guarda in alto come passano le stelle. Guarda questa notte più luminosa del giorno». Quando siamo quasi al sagrato mi accorgo che qualcuno ci segue, ma non allento il passo. A un tratto mi volto: una vecchia vestita di nero, con una gerla issata sopra la schiena, mi scruta e un momento dopo schiude la bocca come meravigliata.

Poi dice: «Mi riconoscete?».

«No» le rispondo.

«Ma come? Un giorno vi imprestai un vestito, eravate dove siete adesso, tutta spogliata.»

«Ora ricordo. Come vi chiamate?»

«Mariuccia» risponde e le osservo il viso, che è una moltitudine di crepe e ora è attraversato da qualcosa di simile a un sorriso.

«Mariuccia cara, andaste via così in fretta quel giorno che non ebbi modo di ringraziarvi. C'è qualcosa che posso fare per voi, così, per ricambiare?»

«Veramente una cosa ci sarebbe. Sapete leggere?»

«Sì, Mariuccia.»

«Me la potete leggere una lettera? È di Michelino, il figlio mio partito per il Venezuela. Io non so leggere.»

«L'avete con voi?»

«La tengo sempre con me» e come non aspettando altro la vecchia si scosta la gerla dalla schiena, la posa a terra e ne tira fuori un panno ripiegato, dal quale con due dita trae la lettera che vi è custodita e me la porge.

In poche righe il figlio le comunica di essersi sistemato a Caracas, dove però non ha intenzione di restare a lungo, dal momento che ha nostalgia della madre e del paese. Appena possibile affronterà il viaggio di ritorno, anche se è costoso, anche se c'è tanto mare di mezzo. Le scriverà presto, anche se lei non sa leggere: è certo che giungeranno ugualmente le parole di un figlio che se pure ha passato il mare non ha dimenticato gli stenti di sua madre per dargli scarpe e abiti buoni. La ama di un tenero affetto.

«Che dice?» mi chiede all'improvviso la vecchia.

«Vi fa sapere che sta bene, che si è sistemato a Caracas da cui però partirà presto, per tornare qui» rispondo io.

«E di me, di me domanda?»

«Si augura che godiate di buona salute, dice che vi pensa sempre e non vede l'ora di riabbracciarvi.»

«Non è vero. Perché mi dite menzogne?»

«Menzogne?»

«La lettera non dice così.»

«Ma sì, vi dico.»

«Nossignora. Dentro alla lettera c'è scritto che Michelino mi disprezza.»

«Mariuccia, non so su cosa facciate assegnamento per dire questo, tanto più che affermate di non saper leggere, ma io vi assicuro che su questo foglio c'è scritto che Michelino vi ama di un affetto tenerissimo e vi è grato per i sacrifici che avete fatto per lui.»

«Michelino non è tornato più e io seccai sul cuore.»

«Vedrete che adesso tornerà, assieme agli altri.»

A quel punto la vecchia prende la lettera dalle mie mani e la ripone nel panno. Poi, issandosi di nuovo il carico sopra la schiena, sorride e si congeda da me. Lentamente si incammina, con la sua figura tutta nera che non arriva al metro e mezzo. Prima di sparire, inghiottita dalla strada, si volta un momento, alza in aria la mano e mi saluta.

Una nuvola scivola sul disco della luna e ogni cosa per un istante si rabbuia. Poco dopo, la nuvola si sposta nella notte e nel chiaro sotto la luna riappare Giacinto, con l'imbottavino alla bocca.

# *Nota*

Alento è un paese abbandonato che vive nella mia fantasia, così come i personaggi che a loro insaputa lo popolano. Quando cominciai a scrivere questo romanzo volevo raccontare la storia di Roscigno Vecchia e della sua ultima abitante – e in parte ho attinto a fonti specifiche, a una specifica geografia – ma poi ho preferito che Alento rappresentasse non soltanto un determinato borgo abbandonato, che racchiudesse più di una storia di solitudine. Le case che marciscono in silenzio sono per me una dimora provvisoria, un posto in cui stare, anche solo per poco. Sono nata in uno di quei luoghi scampati dove il passato e il presente si toccano, è infatti sufficiente attraversare una strada per ritrovarsi davanti a un casolare diroccato. Io stessa ho vissuto in una grande casa che mi dirupava addosso, negli anni informi in cui si hanno tutte le possibilità davanti, oppure non se ne ha nessuna. Immersa com'ero nel silenzio, varcavo spesso la soglia di una casa abbandonata e immaginavo il ritorno di quelli che l'avevano abitata. Quasi sempre cambiavo loro i destini.

Mentre scrivevo, ho recuperato brandelli di memoria dagli spacchi nei muri, dai nascondigli di quelle case lacerate. Ho dovuto però nominare di nuovo le cose per farle esistere, e più profondamente. Ho cercato parole per dire non tanto una riflessione sulle rovine, ma un modo di abitarle, scoprendone la vita clandestina. Ho tratto dai ruderi una prospettiva capovolta, come un invito alla resistenza: ho visto una possibilità nelle cose lasciate a perdersi, nell'inutile. Così, prendermi cura di tutto questo puro e fittissimo nulla è divenuto un modo di stare al mondo, fra i tanti possibili. Mi ha aiutato la poesia, questa cosa povera e preziosa, questa cosa di tutti che è esperienza del mondo, che è un atto di pace. Mi hanno aiutato i poeti, a cominciare da Alfonso Gatto, a cui mi legano vicende anche famigliari. Ma sono tanti i poeti da cui traggo esperienza, a volte conforto. Per una sorta di restituzione li nominerei tutti, quelli conosciuti e, soprattutto, i dimenticati. Nomino quelli che in qualche modo c'entrano con la stesura di questo romanzo: Leopardi e Caproni; Pascoli, Montale e Mark Strand; Vittorio Sereni e Rilke, dal quale viene anche il titolo, dalla sua *Autunno*, contenuta nel *Libro delle immagini*; Borges, Charles Wright, Cortázar, Emily Dickinson, Mariangela Gualtieri, Pier Luigi Cappello, Yves Bonnefoy, Marina Cvetaeva, Birago Diop, Antonia Pozzi, Beppe Salvia, Nadia Campana, fino alla dimenticatissima Nedda Falzolgher. Le citazioni quasi letterali vengono dal *Convito d'ombre* di Pascoli; da *Requiem per un'amica* e dalla decima elegia duinese di Rilke; da *Adam Cast Forth* e da *La notte che nel Sud lo vegliarono* di Borges, come pure dai *Frammenti di un vangelo apocrifo*.

Determinante è stata poi la lettura de *Il giorno del giudizio* di Salvatore Satta, a cui ho cercato di rendere omaggio nelle storie; ugualmente importanti sono stati i racconti di Silvio D'Arzo, gli scritti di Charles Dickens, e di Elsa Morante, Guglielmo Petroni, Gogol', Fuks, Tommaso Landolfi, Guido Piovene, Nuto Revelli (in particolare *L'anello forte. La donna: storie di vita contadina*), e ogni tanto Moravia.

Nel romanzo sono presenti alcuni documenti storici, riadattati per esigenze narrative. Si tratta delle cartoline dal fronte nella storia di Maccabeo. Per queste, ho attinto all'archivio della Fondazione/laboratorio di Capaccio Paestum; in particolare, alla pubblicazione *Un soldato di Capaccio nella Prima Guerra Mondiale. Cartoline dal fronte 1916-1918* (a cura di Maria Teresa Schiavino e Sergio Vecchio, Arci Postiglione, 2003). I Quaderni Arci Postiglione sono stati indispensabili per i giornali del tempo, ancorché riadattati, nella storia di Cola Forti. Gli scritti di storia locale di Domenico Romagnano, specie quelli contenuti nella raccolta *Il volto della mia terra* (Bemporad Marzocco, 1960), mi hanno guidato nella definizione del personaggio di Giacinto, nella cui storia sono presenti riferimenti a personaggi esistiti, ma le vicende che li richiamano e gli episodi narrati sono frutto d'invenzione. Per la storia di Roscigno Vecchia ho consultato il saggio *Storia di Roscigno e dei suoi trasferimenti* di Maria Laura Castellano (Giannini Editore, 2008). La storia di Formoso ho potuto leggerla nel libro *Papa Formoso, processo al cadavere* di Mario Bacchiega (Bastogi Editrice Italiana, 1983). Per alcune delle considerazioni di Marcello sui *bifolchi* ho attinto a *Le basi morali di una società arretrata* di Edward C. Banfield (Il Mulino, 2010). Ho consultato anche *Animismo o Spiritismo?* di Ernesto Bozzano (Editrice Luce e Ombra, 1967) e la *Revue Spirite 1858-1869* di Allan Kardec.

Le biografie dei personaggi sono immaginarie. Così come i luoghi intorno ad Alento, le strade, la disposizione dei monti e delle grotte, che in questo modo esistono solo nella mia fantasia. Esiste, invece, così come la racconto, la contrada di Terzo di Mezzo, dove continua a vivere, tutto malandato, pieno di edera e spacchi, il casolare degli anni informi.

# Ringraziamenti

Sono grata agli amici di Facebook perché proprio con loro, attraverso i *post*, è nato il nucleo di questo romanzo; a Massimo Onofri per essersi soffermato un momento di più su quei *post*, sui primi scritti; ad Alessandro Bertante e Davide Morganti, per le stesse ragioni; ad Andrea Di Consoli, amico fraterno, che ha dato una forma riconoscibile alla mia cura per l'abbandono.

Ringrazio Sergio Vecchio, per aver messo a mia disposizione le cartoline dal fronte del suo archivio privato, e Oreste Mottola.

Ringrazio Patrizia Rinaldi, anche per l'aiuto che con Cecco mi ha dato in certi momenti. Così Vicki Satlow che è lì, rassicurante e ferma.

Grazie alle mie amiche e alle parole che non mi fanno mancare: Emanuela Ersilia Abbadessa, Laura Bettanin, Sara Gamberini, Isabella Mattazzi, Francesca Serafini, Anna Stefi. Ad Anna devo anche il titolo del romanzo e un certo modo di stare nelle cose; a Sara anche le suonate dei giorni dispari.

Grazie a Vincenzo Pardini che trovo sempre, come un padre discreto. E così Giovanni De Luna, Francesco De Core, Antonio Di Grado, Elvira Seminara, Nicoletta Pellegrino, Ilario Massarelli, Carlo Ziviello.

Ringrazio Andrea Caterini, Barbara Garlaschelli, Francesca Magni, Margherita Oggero, Luciana Petroni, per aver letto le bozze di questo romanzo. Ringrazio in particolar modo Simone Caltabellota, e Andrea de Benedetti e Silverio Novelli.

Grazie a Chiara Belliti, che fra un Amen e vari Souffles si è messa in ascolto di quelli che sono morti. Grazie ad Andrea che mi ha regalato un posto in cui stare, fra cose visibili e invisibili. Grazie a Lucia Pellegrino, che mi ha raccontato storie taciute o sepolte.

# Indice

La casa dell'olmo     11

L'attesa     73

La cena     179

*Nota*     215

*Ringraziamenti*     219

Stampato presso Giunti Industrie Grafiche S.p.A.
Stabilimento di Prato